T0002367

Un cadáver en la biblioteca

Novela
Crimen y Misterio

Biografía

Agatha Christie es la escritora de misterio más conocida en todo el mundo. Sus obras han vendido más de mil millones de copias en la lengua inglesa y mil millones en otros cuarenta y cinco idiomas. Según datos de la ONU, sólo es superada por la Biblia y Shakespeare.

Su carrera como escritora recorrió más de cincuenta años, con setenta y nueve novelas y colecciones cortas. La primera novela de Christie, *El misterioso caso de Styles*, fue también la primera en la que presentó a su formidable y excéntrico detective belga, Poirot; seguramente, uno de los personajes de ficción más famosos. En 1971, alcanzó el honor más alto de su país cuando recibió la Orden de la Dama Comandante del Imperio Británico. Agatha Christie murió el 12 de enero de 1976.

Agatha Christie
Un cadáver
en la biblioteca

Traducción: Guillermo López Hipkiss

booket

Obra editada en colaboración con Grupo Planeta – Argentina

Título original: *The Body in the Library*

© 1942, Agatha Christie Mallowan
© 1946, Traducción: Editorial Molino
© 2010, Grupo Editorial Planeta S.A.I.C. – Buenos Aires, Argentina

Derechos reservados

© 2017, Editorial Planeta Mexicana, S.A. de C.V.
Bajo el sello editorial BOOKET M.R.
Avenida Presidente Masarik núm. 111, Piso 2
Polanco V Sección, Miguel Hidalgo
C.P. 11560, Ciudad de México
www.planetadelibros.com.mx

Traducción: Guillermo López Hipkiss
Ilustraciones de portada: © Ed
Adaptación de portada: Alejandra Ruiz Esparza

Agatha Christie

Primera edición impresa en México en Booket: octubre de 2017
Décima segunda reimpresión en México en Booket: marzo de 2023
ISBN: 978-607-07-4476-1

Impreso en los talleres de Corporación de Servicios Gráficos Rojo S.A. de C.V.
Progreso #10, Colonia Ixtapaluca Centro, Ixtapaluca, Estado de México, C.P. 56530.
Impreso en México –*Printed in Mexico*

Guía del lector

A continuación se relacionan en orden alfabético los principales personajes que intervienen en esta obra

Bantry (Arthur): Coronel retirado.

Bantry (Dolly): Esposa del anterior.

Barlett (George): Un joven, apuesto y asiduo concurrente a las veladas del hotel Majestic.

Biggs (Albert): Un labriego, testigo ocular del incendio de un auto.

Blake (Basil): Joven empleado en los Estudios cinematográficos Lemville.

Blake (Selina): Madre del anterior y amiga de mistress Bantry.

Carmody (Peter): Niño de nueve años de edad, hijo del primer matrimonio de Adelaide Jefferson.

Clement: Vicario del pueblo Saint Mary Mead, lugar del crimen.

Clement (Griselda): Esposa del vicario.

Clithering (sir Henry): Ex comisario de policía e íntimo amigo de Jefferson.

Ecles: Cocinera de la familia Bantry.

Edwards: Antiguo y fiel criado de Jefferson.

Gaskell (Mark): Viudo de Rosamund Jefferson, hija de Conway Jefferson.

Harper: Superintendente de policía de la localidad donde está enclavado el hotel Majestic.

Haydock: Médico forense.

Higgins: Sargento de policía.

Jefferson (Adelaide): Viuda joven y bella.

Jefferson (Conway): Anciano delicado de salud; millonario y muy amante de los suyos, suegro de la anterior.

Keene (Ruby): Artista asesinada.

Lee (Dinah): íntima amiga de Basil Blake.

Lorrimer: Mayordomo muy fiel de los Bantry.

Mary: Doncella de mistress Bantry.

Marple (Jane): Anciana amiga de Dolly y mujer muy aficionada a resolver cuestiones policíacas.

McLean (Hugo): Antiguo amigo y adorador de Adelaide.

Melchet: Coronel jefe de policía del condado.

Metcalf: Médico de Jefferson.

Muswell: Chofer de los Bantry.

Palk: Agente de policía.

Prescott: Gerente del hotel Majestic.

Reeves: Comandante del ejército.

Reeves (Pamela): Una jovencita miembro de una Organización Femenina de Exploradoras, hija del anterior.

Slack: Inspector de policía.

Small (Florence): Compañera y amiga íntima de Pamela.

Starr (Raymond): Profesor de tenis, bailarín, pareja de Ruby.

Turner (Josephine): Mujer eficiente, alma del Majestic y artista de varietés.

West (Raymond): Un buen escritor, sobrino de miss Marple.

Capítulo primero

I

Mistress Bantry estaba soñando. Sus guisantes de olor acababan de recibir el primer premio en el concurso de flores. El vicario, con casaca y sobrepelliz, estaba repartiendo los premios en la iglesia. Pasó su esposa en traje de baño; pero según es costumbre en los sueños, este hecho no provocó muestra alguna de desaprobación por parte de los feligreses, como hubiera sucedido, a no dudar, de haber ocurrido semejante cosa en la vida normal.

El sueño era manantial de perpetuo deleite para mistress Bantry. Solían hacerla disfrutar siempre los sueños matinales, a los que ponía fin la llegada de la ritual taza de té. Subconsciente, se daba cuenta de que habían empezado a oírse los primeros ruidos mañaneros de la casa. El tintineo de las anillas al descorrer las cortinas la doncella; el sonido de la escoba y el recogedor de la segunda doncella en el pasillo. En la distancia, chirrió el grueso cerrojo de la puerta de la calle al ser descorrido.

Empezaba otro día. Entretanto, debía extraer el mayor deleite posible del concurso de flores, porque se iba haciendo patente que se trataba de un simple juego.

Llegaba de abajo el ruido producido por las grandes persianas de madera de la sala al ser abiertas. Lo oía y, sin embargo, no lo oía. Durante media hora más continuarían percibiéndose los ruidos de la casa —indiscretos, amortiguados—. Eran tan conocidos que ya no turbaban. Culminarían en el rumor de pasos rápidos pero comedidos por el corredor, el roce de un vestido estampado, el tintineo de la taza y el plato al ser depositada la bandeja del desayuno sobre la mesa, fuera; luego el suave golpe en la puerta y la entrada de Mary para descorrer las cortinas.

Mistress Bantry frunció el entrecejo, dormida. Algo fuera de lugar. Pasos por el pasillo, pasos que iban demasiado aprisa y acudían demasiado temprano. Aguzó el oído, intentando captar, subconscientemente, el tintineo de porcelana.

Llamaron a la puerta. Automáticamente, desde las profundidades de su sueño, mistress Bantry ordenó: «¡Adelante!» La puerta se abrió; ahora se oirían resbalar las anillas al ser descorridas las cortinas.

Pero las anillas no resbalaron. De la verdosa penumbra surgió la voz de Mary, fatigada, histérica:

—¡Oh, señora, señora! *¡Hay un cadáver en la biblioteca!*

Luego, estallando en histéricos sollozos, salió corriendo de la alcoba.

II

Mistress Bantry se incorporó en la cama.

O su sueño había tomado derroteros inesperados, o... o María había entrado, en efecto, en el cuarto y dicho, ¡increíble!, ¡fantástico!, que había un cadáver en la biblioteca.

—Imposible —se dijo mistress Bantry—. Lo debo de haber soñado.

Pero aún estaba diciendo estas palabras cuando adquirió el reciente convencimiento de que no había soñado; de que Mary, su Mary superior, siempre tan dueña de sí misma, había pronunciado verdaderamente aquellas fantásticas palabras.

Mistress Bantry reflexionó un momento y luego dio un conyugal codazo a su durmiente esposo.

—Arthur, Arthur, despierta.

El coronel Bantry gruñó, murmuró y dio la vuelta para el otro lado.

—Despierta, Arthur. ¿Has oído lo que ha dicho?

—Es probable —dijo con voz borrosa el coronel—. Estoy completamente de acuerdo contigo, Dolly.

Y volvió a quedar dormido.

Mistress Bantry le sacudió.

—Tienes que escucharme. Mary ha entrado a decir que hay un cadáver en la biblioteca.

—¿Eh? ¿Cómo?

—*Un cadáver en la biblioteca.*

—¿Quién lo ha dicho?

—Mary.

El coronel Bantry hizo un esfuerzo por concentrar sus dispersas facultades y procedió a hacer frente a la situación. Dijo:

—No digas tonterías. Has estado soñando.

—No. También yo lo creí al principio. Pero no, es verdad. Entró, en efecto, y lo dijo.

—¿Entró Mary y dijo que había un cadáver en la biblioteca?

—Sí.

—Pero no es posible.

—No... no, supongo que no —dijo mistress Bantry, dudando. Reanimándose, prosiguió:

—Pero, entonces, ¿por qué dijo Mary que lo había? ¿Por qué?

—No puede haberlo dicho.

—Lo dijo.

—Lo habrás imaginado.

—No me lo imaginé.

El coronel Bantry estaba ya completamente despierto y preparado para resolver la situación.

—Has estado soñando, Dolly; eso es lo que te pasa. Es esa novela policíaca que has estado leyendo: *La pista de la cerilla perdida.* ¿Recuerdas? Lord Edgbaston encuentra a una hermosa reina muerta sobre la alfombra de la biblioteca. Siempre se encuentran los cadáveres en la biblioteca en las novelas. Jamás he conocido un caso en la vida real.

—Tal vez conozcas uno ahora. Sea como fuere, Arthur, tienes que levantarte a ver.

—Pero, en serio, Dolly, tiene que haber sido un sueño. Los sueños se recuerdan frecuentemente con vividez al despertarse. Se siente con seguridad que son verdad.

—Estaba soñando algo completamente distinto... algo del concurso de flores, y la mujer del vicario en traje de baño.

Con un arranque de energía, mistress Bantry saltó de la cama y descorrió las cortinas. La luz de un hermoso día de otoño inundó el cuarto.

—No es un sueño —dijo mistress Bantry con firmeza—. Levántate inmediatamente, Arthur, baja la escalera y resuélvelo.

—¿Quieres que baje la escalera y pregunte si hay un cadáver en la biblioteca? Voy a hacer el más espantoso de los ridículos.

—No es preciso que preguntes nada. Si hay un cadáver... Y, claro está, existe la posibilidad de que Mary se haya vuelto loca y vea cosas que no existen... Bueno, ya te lo dirá alguien bien aprisa. Tú no tendrás que decir una palabra.

Gruñendo, el coronel Bantry se envolvió en su batín y salió del cuarto. Recorrió el pasillo y bajó la escalera. Al pie de ésta había un corrillo de criados, algunos de ellos sollozando. El mayordomo se adelantó, diciendo:

—Me alegro de que haya usted bajado, señor. He dado órdenes de que no se hiciera nada hasta que llegara. ¿Debo telefonear a la policía, señor?

—¿Telefonear a la policía? ¿Para qué?

El mayordomo dirigió una mirada de reproche, por encima del hombro, a la joven alta que lloraba histéricamente, apoyada en el robusto hombro de la cocinera.

—Tenía entendido, señor, que Mary le había informado ya. Dijo que lo había hecho.

Mary exclamó:

—Estaba tan aturdida que no sé lo que dije. Lo recordé todo de pronto otra vez, y se me doblaron las piernas y se me revolvió el estómago. Encontrarlo así... ¡oh!, ¡oh!, ¡oh!

Volvió a apoyarse en mistress Ecles, que dijo:

—Vamos, vamos, querida...

—Mary está un poco trastornada, señor; cosa muy natural, puesto que fue ella quien hizo el descubrimiento —explicó el mayordomo—. Entró en la biblioteca como de costumbre a descorrer las cortinas y... y casi tropezó con el cadáver.

—¿Pretende usted decirme —exigió el coronel Bantry— que hay un cadáver en mi biblioteca... mi biblioteca?

El mayordomo tosió.

—¿Tal vez, señor —dijo—, preferiría comprobarlo usted mismo?

III

—Diga... diga... diga... Comisaría de policía. Sí; ¿quién llama?

El guardia Palk se estaba abrochando la guerrera con una mano mientras sujetaba el auricular con la otra.

—Sí, sí, Gossington Hall. ¿Diga...? Oh, buenos días, señor.

El tono del guardia Palk sufrió una leve modificación. Dejó de ser tan impacientemente oficial al reconocer al generoso contribuyente a los deportes del cuerpo y principal magistrado del distrito.

—Diga, señor. ¿En qué puedo servirle, señor...? Perdone, señor, no le he oído bien... ¿un cadáver dice usted...? ¿Sí...? Si me hace el favor, sí, señor... Eso es, sí, señor... ¿Una joven que le es desconocida dice...? Bien, señor. Sí; puede dejarlo todo de mi cuenta.

El guardia Palk colgó el auricular, emitió un prolongado silbido de sorpresa y se puso a marcar el número de su superior jerárquico.

Mistress Palk asomó la cabeza por la puerta de la cocina, de la cual salía un apetitoso olor a tocino frito.

—¿Qué pasa?

—La cosa más rara que habrás oído en tu vida —replicó su marido—. Se ha encontrado el cadáver de una joven en el Hall. En la biblioteca del coronel.

—¿Asesinada?

—Estrangulada, según él.

—¿Quién era?

—El coronel dice que le es completamente desconocida.

—Entonces, ¿qué estaba haciendo esa joven en la biblioteca de su casa?

El guardia Palk le impuso silencio con una mirada de reproche y habló, con tono oficial, por teléfono.

—¿El inspector Slack? Guardia Palk al aparato. Acaba de llegar el informe de que el cadáver de una joven fue descubierto esta mañana, a las siete y quince en…

IV

El teléfono sonó cuando miss Marple se estaba vistiendo. El sonido la turbó un poco. No era aquélla una hora en que acostumbrara sonar el teléfono. Tan bien ordenada estaba su vida de solterona, que las llamadas telefónicas imprevistas eran, para ella, manantial de vívidas conjeturas.

—¡Dios mío! —murmuró miss Marple, contemplando perpleja el aparato—. ¿Quién podrá ser?

En el pueblo, la hora oficial para hacer llamadas entre vecinos era de nueve a nueve y media. A esa hora solían concertarse los planes para el día y cursarse las invitaciones. Se le había ocurrido al carnicero telefonear unos segundos antes de las nueve por haber surgido una crisis en el comercio de la carne. Durante el día podían darse llamadas espasmódicas a intervalos, aun cuando se consideraba falta de modales telefonear después de las nueve y media de la noche. Cierto era que el sobrino de miss Marple, un escritor y, por consiguiente, dado a las irregularidades, había telefoneado en ocasiones a las horas más singulares, llegando incluso a hacerlo una vez diez minutos antes de la medianoche. Pero fueran cuales fueran las excentricidades de Raymond West, el madrugar no figuraba entre ellas. Ni él ni ninguna de las personas conocidas de miss Marple era fácil que llamaran antes de las ocho de la mañana. Eran las ocho menos cuarto.

Demasiado temprano hasta para un telegrama, puesto que la estafeta no abría hasta las ocho.

—Deben de haberse equivocado de número —decidió miss Marple.

Habiendo llegado a tal decisión, se acercó al impaciente instrumento y acalló su clamor descolgando el auricular.

—Diga —inquirió.

—¿Eres tú, Jane?

Miss Marple quedó sorprendida.

—Sí, soy Jane. Has madrugado mucho, Dolly.

La voz de mistress Bantry sonó agitada y casi sin aliento por el aparato.

—Ha ocurrido la cosa más terrible.

—¡Oh, querida...!

—Acabamos de encontrar un cadáver en la biblioteca.

Durante un instante miss Marple creyó que su amiga se había vuelto loca.

—Que habéis encontrado ¿*qué*?

—Ya sé. Uno no puede creerlo, ¿verdad? Quiero decir... Yo creía que esas cosas sólo pasaban en las novelas. Tuve que discutir con Arthur horas enteras esta mañana antes de que se decidiera a bajar a ver.

Miss Marple intentó serenarse. Preguntó, casi sin aliento:

—Pero ¿de quién es el cadáver?

—De una rubia.

—Una ¿qué?

—Una rubia. Una hermosísima rubia... como en los libros también. Ninguno de nosotros la ha visto antes de ahora. Está ahí tendida, en la biblioteca, muerta. Por eso tienes que venir tú inmediatamente.

—¿Quieres que vaya yo?

—Sí; mando el coche inmediatamente.

Miss Marple dijo dudando:

—Claro, querida, si tú crees que puedo servirte de consuelo...

—Oh, no necesito tus consuelos. Pero ¡eres tan hábil con los cadáveres...!

—Oh, no. Mis pequeños éxitos han sido teóricos más bien.

—Pero tienes mucha habilidad para desentrañar asesinatos. Ha sido asesinada, ¿comprendes?, estrangulada. Lo que yo digo es que si ha de aguantar una que se cometa un asesinato en su propia casa, lo menos que una puede hacer es sacarle todo el partido posible, si comprendes lo que quiero decir... Por eso quiero que vengas a ayudarme a descubrir quién es el culpable y a desentrañar el misterio de todo eso. Es la mar de emocionante, ¿verdad?

—Bueno, querida; si yo puedo ayudarte, claro que iré.

—¡Magnífico! Arthur se está mostrando un poco insoportable. Parece creer que no debo divertirme con el asunto. Ya sé que es una cosa muy triste y todo eso, claro; pero, después de todo, yo no conozco a la muchacha... y, cuando la hayas visto, comprenderás lo que quiero decir al asegurar que no parece de verdad ni mucho menos.

V

Miss Marple se apeó del coche de los Bantry, cuya portezuela le abrió el conductor.

El coronel Bantry salió a los escalones de su casa y pareció sorprendido.

—¿Miss Marple...? Ah... Encantado de verla.

—Su esposa me telefoneó —explicó miss Marple.

—Excelente, excelente. Necesita alguien a su lado. De lo contrario sufrirá un desquiciamiento nervioso. Pone buena cara al mal tiempo; pero ya sabe usted lo que ocurre...

En aquel instante apareció mistress Bantry y exclamó:

—Haz el favor de volver al comedor y desayunar, Arthur. Se enfriará el jamón.

—Creí que era el inspector el que llegaba —explicó el coronel.

—No tardará en llegar. Por eso es importante que desayunes primero. Lo necesitas.

—Y tú también. Más vale que vengas a comer algo, Dolly.

—Iré enseguida. Ve tú ahora, Arthur.

Al coronel Bantry le ahuyentaron hacia el comedor como a una gallina recalcitrante.

—¡Ahora! —dijo mistress Bantry con entonación triunfal—. Vamos.

Condujo a su amiga rápidamente por el comedor hacia el lado oriental de la casa. A la puerta de la biblioteca se hallaba el guardia Palk, de centinela. Interceptó a mistress Bantry con cierto aire de autoridad.

—Temo que nadie pueda entrar aquí, señora. Orden del inspector.

—No diga tonterías, Palk. Conoce a miss Marple divinamente.

El guardia reconoció que la conocía.

—Es muy importante que vea ella el cadáver —dijo miss Bantry—. No sea estúpido, Palk. Después de todo es mía la biblioteca, ¿sabe?

El guardia Palk cedió. La costumbre suya de ceder ante los señores databa de toda su vida. El inspector, se dijo, no tenía por qué saber una palabra.

—No debe tocarse cosa alguna ni moverla de su sitio —les advirtió a las señoras.

—Claro que no —dijo mistress Bantry con impaciencia—. Eso lo sabemos. Puede entrar y vigilar si quiere.

El guardia aprovechó la autorización. De todas formas había tenido la intención de hacerlo.

Mistress Bantry cruzó triunfalmente la biblioteca con su amiga hasta la anticuada chimenea. Dijo con dramático sentido de culminación:

—¡Ahí tienes!

Miss Marple comprendió entonces lo que había querido decir su amiga al asegurar que la muerta no era de verdad. La biblioteca era una habitación típica de los propietarios de la casa: grande, raída y desordenada. Tenía sus grandes sillones de hundido asiento, y pipas, y libros, y documentos sobre la gran mesa. De las paredes colgaban dos o tres buenos retratos de familia, unas cuantas acuarelas ochocentistas malas y algunas escenas de caza que querían ser cómicas. Había un jarrón de margaritas en un rincón. Todo el cuarto era oscuro, meloso, casero. Proclamaba intensa y frecuente ocupación, uso familiar y eslabones con la tradición.

Y sobre la vieja piel de oso tendida ante la chimenea yacía algo nuevo, crudo, espeluznante y melodramático.

La flamante figura de una muchacha. Una muchacha de cabello normalmente rubio, peinado hacia atrás en complicados bucles y anillos. El delgado cuerpo estaba enfundado en un vestido de noche sin espalda, de raso blanco, con lentejuelas. El rostro estaba muy maquillado, destacándose los polvos en el azulado e hinchado cutis; el rímel de las pestañas teñía las descompuestas mejillas; y el carmín daba a los labios un aspecto de sangrante herida. Llevaba las uñas de las manos esmaltadas de un color rojo sangre intenso, y también las de los pies, calzados con sandalias baratas plateadas. Era una figura chillona, vulgar, incongruente a más no poder en la sólida comodidad del viejo estilo de la biblioteca del coronel Bantry.

Mistress Bantry dijo en voz baja:

—¿Te das cuenta de lo que quiero decir? ¡No es de verdad!

La anciana a su lado movió la cabeza en señal de asentimiento. Miró larga y pensativamente a la muerta que yacía en la biblioteca.

—Es muy joven —dijo por fin en voz dulce.

—Sí..., sí..., supongo que sí. —Mistress Bantry parecía algo sorprendida, como si acabara de hacer un descubrimiento.

Miss Marple se inclinó. No tocó a la muchacha. Observó los dedos, que se asían con fuerza a la parte delantera del vestido como si se hubiese llevado la mano allí durante sus últimos momentos de lucha por respirar.

Se oyó el ruido de un automóvil que se detenía fuera, sobre la arena. El guardia Palk indicó con urgencia:

—Será el inspector...

Confirmando su innata creencia de que los señores nunca le dejan a uno en mal lugar, mistress Bantry se dirigió inmediatamente a la puerta. Miss Marple la siguió. Dijo la primera:

—No se preocupe, Palk.

El guardia experimentó un gran alivio.

VI

Empujando garganta abajo precipitadamente los últimos fragmentos de tostada y mermelada con ayuda de una taza de café, el coronel Bantry salió apresuradamente al vestíbulo y vio, con alivio, al coronel Melchett, jefe de policía del condado, que se apeaba de un automóvil acompañado del inspector Slack. Melchett era amigo del coronel. Nunca le había sido muy simpático Slack, hombre enérgico que desmentía su propio apellido[1] y que

1. *Slack* significa flojo, perezoso, lento, etc. *(N. del T.)*

añadía a su dinamismo una falta de consideración enorme para los sentimientos de cualquier persona a la que él no considerara importante.

—Buenos días, Bantry —dijo el jefe de policía—. Pensé que sería mejor que viniera yo mismo. Parece un asunto extraordinario.

—Es... es... —El coronel Bantry hizo un esfuerzo por expresarse—. ¡Es increíble...! ¡Fantástico!

—¿No tienes idea de quién es la mujer?

—Ni la menor idea. En mi vida la había visto.

—¿Sabe algo el mayordomo? —inquirió el inspector Slack.

—Lorrimer ha quedado tan desconcertado como yo.

—¡Ah! —murmuró el inspector—. Si fuera eso verdad...

El coronel Bantry explicó:

—Hay desayuno en el comedor, Melchett, si quieres tomar algo.

—No, no... más vale que nos dediquemos a nuestro trabajo. Haydock llegará de un momento a otro... yo... Ah, aquí está.

Llegó otro automóvil del que se apeó un hombre corpulento, de anchos hombros; el doctor Haydock, que también era forense. De un segundo coche de policía habíanse apeado dos agentes vestidos de paisano, uno de ellos con una máquina fotográfica.

—Todos listos, ¿eh? —dijo el jefe de policía—. Bien. Entraremos. En la biblioteca, según me ha dicho Slack.

El coronel Bantry gimió:

—¡Es increíble! ¿Sabes? Cuando mi mujer se empeñó esta mañana en que había entrado la doncella y anunció que había un cadáver en la biblioteca, no quise creerlo.

—No, no... Eso lo comprendo perfectamente. Espero que esto no habrá turbado demasiado a tu esposa.

—Se ha portado maravillosamente... maravillosamente de verdad. Tiene a la anciana miss Marple con ella... la del pueblo, ¿sabes?

—¿Miss Marple? —El jefe se tornó rígido—. ¿Por qué la mandó llamar?

—¡Oh, una mujer necesita a otra mujer! ¿No te parece?

El coronel Melchett dijo con una leve sonrisa:

—Si quieres que te dé mi opinión, tu esposa va a probar suerte como detective. Miss Marple es la policía de la localidad. Nos dejó tamañitos en cierta ocasión, ¿verdad, Slack?

El inspector repuso:

—Eso fue distinto.

—¿Distinto a qué?

—Aquél fue un caso local. La anciana sabe todo lo que pasa en el pueblo, eso es cierto. Pero aquí se encontrará fuera de su ambiente.

Melchett dijo secamente:

—Usted mismo no sabe aún gran cosa del asunto, Slack.

—Ah, pero aguarde y verá. No necesitaré mucho tiempo para hincarle el diente.

VII

En el comedor, mistress Bantry y miss Marple estaban desayunando.

Después de servir a su invitada, mistress Bantry insinuó con urgencia:

—¿Bien, Jane?

Miss Marple alzó la cabeza y la miró, algo aturdida.

Mistress Bantry inquirió, esperanzada:

—¿No te *recuerda* nada?

Porque miss Marple había alcanzado fama gracias a su habilidad en relacionar sucesos triviales del pueblo con problemas más serios, de forma que los primeros derramaban luz sobre los últimos.

—No —respondió la interpelada, pensativa—. No puedo decir que me recuerde nada... no de momento. Me acordé un poco de la hija más joven de mistress Chetty... ya la conoces, me refiero a Edie... pero creo que eso fue porque esta pobre chica se mordía las uñas, y porque le sobresalían un poco los dientes delanteros. Nada más que por eso. Y claro está —prosiguió miss Marple, llevando adelante el paralelo—, a Edie le gustaba también lo que yo llamo lujo barato.

—¿Te refieres a su vestido? —inquirió mistress Bantry.

—Sí; un raso muy chillón... de baja calidad.

—Ya lo sé. De una de esas tiendecitas donde todo vale una guinea.

Prosiguió con cierta esperanza:

—Vamos a ver..., ¿qué fue de la Edie de mistress Chetty?

—Acaba de ir a su segundo empleo... y le va muy bien, según tengo entendido.

Mistress Bantry se sintió algo chasqueada. El paralelo del pueblo no parecía ofrecer grandes esperanzas.

—Lo que no comprendo —dijo— es lo que puede haber estado haciendo en el estudio de Arthur. Ha sido forzada la ventana, me dice Palk. Puede haber venido aquí con un ladrón y luego haber regañado con él. Pero eso parece una tontería, ¿verdad?

—No iba vestida como para cometer un robo —advirtió, pensativa, la anciana.

—No; iba vestida para bailar... o para asistir a alguna fiesta o reunión. Pero no hay nada de eso por aquí... ni en los alrededores.

—No... —contestó miss Marple, dudando.

—Tú me ocultas algo, Jane —atacó mistress Bantry.

—La verdad, me estaba preguntando...

—¿Qué?

—Basil Blake.

—¡Oh, no! —exclamó mistress Bantry, impulsiva.

Y agregó, como explicación:

—Conozco a su madre.

Las dos se miraron.

Miss Marple suspiró, sacudió la cabeza y exclamó:

—Comprendo perfectamente tus sentimientos.

—Selina Blake es la mujer más agradable que se puede una imaginar. Sus arriates son sencillamente maravillosos... me matan de envidia. Y es generosa con los brotes. Me regala todos los que quiero para volverlos a plantar.

Miss Marple, pasando por alto todas estas virtudes de mistress Blake, dijo:

—No obstante, se ha *hablado* mucho, ¿sabes?

—Oh, lo sé..., lo sé. Y, claro está, Arthur se pone lívido cuando oye mencionar el nombre de Basil Blake. La verdad es que fue muy *grosero* con Arthur, y, desde entonces, Arthur no quiere escuchar ni una sola palabra buena de él. Tiene esa forma de mirar estúpida y desdeñosa de los muchachos de hoy en día... se burla de la gente que defiende a su antiguo colegio, o a la patria, o cualquier cosa así. Y luego, claro, ¡la *ropa* que usa! La gente dice que no importa lo que uno lleve en el campo. En mi vida oí majadería mayor. Es precisamente en el campo donde todo el mundo se fija.

Hizo una pausa y agregó, entre nostálgica y ansiosa:

—Era un bebé adorable en el baño.

—El periódico publicó el domingo pasado una fotografía preciosa del asesino de Cheviot cuando era niño.

—Oh, Jane, no creerás que *él*...

—Oh, no, querida. No quise decir eso ni muchísimo menos. Eso sí que sería emitir juicios temerarios. Me limitaba a intentar justificar la presencia de la muchacha aquí. Saint Mary Mead es un sitio tan inverosímil... Y Basil Blake... Él sí que da fiestas y reuniones. Viene gente de Londres y de los Estudios... ¿Te acuerdas del pasado julio? Gritos y cantos... el ruido más *terrible*. Todos estaban medio borrachos, luego. Y a la mañana siguiente, la suciedad y la cristalería rota eran verdaderamente increíbles... o así me lo contó mistress Berry por lo menos... Y ¡había una joven dormida en el baño, *desnuda*...!

Mistress Bantry dijo con indulgencia:

—Supongo que serían actores y actrices de cine.

—Es muy probable. Y luego... supongo que lo oirías decir... durante varios fines de semana últimamente ha traído aquí consigo a una joven... una rubia platino.

Mistress Bantry exclamó:

—¿No creerás que es *ésta*?

—La verdad... eso me preguntaba yo. Claro está, nunca la he visto de cerca... sólo subiendo y bajando del coche... y una vez en el jardín de la casa cuando estaba tomando baños de sol sin más ropa que un pantalón corto y un sostén. Jamás vi su cara en realidad. Y todas estas muchachas, con el maquillaje, y el cabello teñido, y las uñas esmaltadas, se parecen tanto unas a otras...

—Sí, sin embargo, *pudiera* ser. Es una idea, Jane.

Capítulo II

I

Era una idea que, en aquellos instantes, estaban discutiendo el coronel Melchett y el coronel Bantry. El jefe de policía, tras ver el cadáver y comprobar que sus subordinados empezaban a trabajar, se había retirado con el dueño de la casa al estudio situado en la otra ala del edificio.

El coronel Melchett era un hombre de aspecto irascible que tenía la costumbre de darse tirones del corto y rojizo bigote. Se tiró de él ahora, mientras dirigía una mirada perpleja de soslayo a su compañero. Por fin, dijo:

—Escucha, Bantry: tengo que quitarme esta duda de encima. ¿Es cierto que no tienes la menor idea de quién es la muchacha?

La contestación del otro fue explosiva; pero el jefe de policía le interrumpió:

—Sí, sí; pero míralo desde otro punto de vista. Podría ser el más engorroso para ti. Un hombre casado que quiere a su mujer y todo esto... Ahora, aquí, entre nosotros, de amigo a amigo...; si *tuviste* relación alguna con esta muchacha, de la clase que fuera, más vale que lo digas ahora. Es muy natural querer ocultar la cosa... Me pasaría igual a mí. Pero no puede ser. Asesinato. La cosa saldría a relucir inevitablemente. ¡Qué rayos! Yo no sugiero que estrangularas *tú* a la chica... tú no harías una cosa así... eso lo sé yo. No obstante, y después de todo, ella vino aquí... a esta casa. Digamos que forzó la entrada y que aguardaba para verte y que un tipo u otro la siguió y la mató. Es posible, ¡sí, sí! ¿Comprendes lo que quiero decir?

—¡Maldita sea, Melchett! Te digo que no he visto a esa chica en mi vida. No soy de esa clase de hombres.

—Entonces, ni hablar. Sólo que no te hubiese criticado yo por eso, ¿sabes...? Soy hombre de mundo. Sin embargo, si tú lo dices... La cosa es: ¿qué hacía ella aquí? No es de esta comarca... eso es seguro.

—El asunto entero es una pesadilla —rabió el dueño de la casa.

—Lo interesante, amigo, es esto: ¿qué estaba haciendo ella en tu biblioteca?

—¿Cómo quieres que lo sepa yo? Yo no la invité a venir.

—No, no. No obstante lo cual, *vino* aquí. Parece como si hubiera querido verte. ¿No has recibido ninguna carta rara ni nada así?

—No.

El coronel Melchett preguntó, con delicadeza:

—¿Qué estabas haciendo tú anoche?

—Asistí a la reunión de la Asociación Conservadora. A las nueve. En Much Benham.

—Y regresaste a casa…, ¿cuándo?

—Salí de Much Benham poco después de las diez… Tuve una avería por el camino, me vi obligado a cambiar una rueda. Llegué a casa a las doce menos cuarto.

—¿No entraste en la biblioteca?

—No.

—¡Lástima!

—Estaba cansado. Me fui derecho a la cama.

—¿Te aguardaba alguien en vela?

—No. Siempre me llevo el llavín. Lorrimer se acuesta a las once, a menos que le ordene lo contrario.

—¿Quién cierra la biblioteca?

—Lorrimer. Generalmente a las siete y media en esta época del año.

—¿Volvería a entrar durante la velada?

—No, estando yo ausente. Dejó la bandeja con el whisky y vasos en el vestíbulo.

—Ya. ¿Y tu mujer?

—No lo sé. Estaba en la cama y profundamente dormida cuando llegué yo a casa. Pudo haber estado sentada en la biblioteca anoche, o en la sala. No me acordé de preguntárselo.

—Bueno, no tardaremos en conocer todos los detalles. Claro, es posible que uno de la servidumbre esté complicado, ¿verdad?

—No lo creo. Son todos personas decentes. Hace años que están a nuestro servicio.

Melchett asintió.

—En efecto, no parece probable que esté ninguno de ellos complicado en el asunto. Más parece como si la muchacha hubiese bajado de la ciudad… quizá con algún joven. Aunque, ¿por qué habían de querer forzar la entrada de esta casa…?

Bantry le interrumpió.

—Londres. Eso es más verosímil. No estamos de celebraciones por aquí... Por lo menos...

—¿Qué?

—¡Voto a tal! —estalló el coronel Bantry—. ¡Basil Blake!

—¿Quién es ése?

—Un joven que tiene algo que ver con la industria cinematográfica. Un bicho venenoso. Mi mujer le defiende porque fue al colegio con su madre; pero... ¡él es imbécil, inútil y pedante...! ¡Merece que le den un puntapié en el trasero! Ha alquilado la casita de Lasham Road... Ya la conoces... Un edificio horrible, moderno... Da fiestas allí... gente ruidosa, chillona... Y se trae muchachas a pasar el fin de semana.

—¿Muchachas?

—Sí; hubo una la semana pasada... una de esas rubias platino.

El coronel se interrumpió, quedándose boquiabierto.

—Una rubia platino, ¿eh? —murmuró Melchett, pensativo.

—Sí. Oye, Melchett, ¿crees tú que...?

El jefe de policía dijo vivamente:

—Es una posibilidad. Explica que una muchacha de ese tipo se encuentre en Saint Mary Mead. Me parece que iré a entrevistarme con ese joven... Braid... Blake... ¿cómo dijiste que se llamaba?

—Blake. Basil Blake.

—¿Sabes tú si estará en casa?

—Deja que piense. ¿Qué es hoy...? ¿Sábado? Suele llegar aquí los sábados por la mañana.

Melchett dijo con aspereza:

—Veremos a ver si le encontramos.

II

La casita de Basil Blake, que contenía todas las comodidades modernas encerradas en un horrible cascarón de viguería y estilo Tudor falsificado, conocíanla las autoridades postales y su constructor, Guillermo Booker, con el nombre de «Chatsworth»; Basil y sus amigos, por el de «La Obra de Época»; y el pueblo de Saint Mary Mead en general la llamaba la casa nueva de míster Booker.

Se hallaba a poco más de medio kilómetro del pueblo propiamente dicho, encontrándose en un nuevo terreno urbanizado adquirido por el emprendedor míster Booker, un poco más allá de la hostería del Jabalí Azul, que daba a lo que había sido hasta entonces un camino rural sin estropear. Gossington Hall estaba un kilómetro y medio más adelante en el mismo camino.

Se había despertado gran interés en Saint Mary Mead al correr la noticia de que la casa nueva de míster Booker había sido adquirida por una estrella cinematográfica. Se montó luego guardia para presenciar la primera aparición del legendario ser en el pueblo y puede decirse que, en cuanto a las apariencias se refiere, Basil Blake era todo lo que podía esperarse. Poco a poco, sin embargo, la verdad fue conociéndose. Basil Blake no era estrella cinematográfica, ni siquiera actor cinematográfico. Era un personaje muy joven que gozaba del privilegio de figurar en el decimoquinto lugar en la lista de los responsables de los decorados de los Estudios de Lemville, el cuartel general de British New Era Films. Las doncellas del pueblo perdieron interés y la clase regidora de solteras criticonas desaprobó ruidosamente el género de vida que llevaba Basil Blake. Sólo el hostelero del Jabalí Azul continuaba mostrándose entusiasta de Basil y de los amigos de Basil. Los ingresos de la hostería habían aumentado desde la llegada del joven al lugar.

El coche de policía se detuvo ante la retorcida puertecilla rústica del capricho de míster Booker y el coronel Melchett, con una mirada de disgusto hacia el exceso de viguería de Chatsworth, se dirigió a la puerta principal y le dio a la aldaba con gran brío.

Se abrió mucho más aprisa de lo que él había esperado. Un joven de cabello liso, negro, algo largo, que llevaba pantalón de pana anaranjada y camisa azul, preguntó con aspereza:

—Bien, ¿qué desea usted?

—¿Es usted míster Blake?

—Creo que sí.

—Quisiera hablar unos momentos con usted si no hay en ello inconveniente, míster Blake.

—¿Quién es usted?

—El coronel Melchett, jefe de policía del condado.

Míster Blake dijo con insolencia:

—¿De veras? ¡Qué divertido!

Y el coronel Melchett, al entrar tras el otro, comprendió las reacciones del coronel Bantry. También a él le daban ganas de descargarle un puntapié.

Pero se contuvo y habló en tono amable:

—Es usted madrugador, míster Blake.

—No lo crea. Es que no me he acostado todavía.

—¡Ah!

—Pero supongo que no habrá venido usted aquí a enterarse de mis horas de dormir... O, si ha venido a eso, está usted derrochando tiempo y dinero del erario. ¿De qué quiere usted hablarme?

—Tengo entendido, míster Blake, que el último fin de semana tuvo usted una visita... una... una... joven de cabello rubio claro —dijo el coronel Melchett.

Basil Blake le miró fijamente, echó hacia atrás la cabeza y rompió a reír a carcajadas.

—¿Han ido a quejárseles las comadres del pueblo? ¿Han ido a hablarles acerca de mi moralidad? ¡Qué rayos, la moralidad no es cuestión de la policía! Eso lo sabe usted.

—Como dice —asintió Melchett, secamente—, su moralidad no es cuenta mía. He venido a verle porque una joven de cabello claro y de aspecto ligeramente... exótico ha sido hallada... asesinada.

—¡Repámpano! —Blake se le quedó mirando con sorpresa—. ¿Dónde?

—En la biblioteca de Gossington Hall.

—¿En Gossington? ¿En casa de Bantry? ¡Caramba!, ¡eso sí que está bueno! ¡El viejo Bantry! ¡Ese viejo sucio!

Al coronel Melchett se le congestionó el semblante. Dijo incisivamente, a través de la hilaridad renovada del joven:

—Tenga la amabilidad de poner freno a su lengua. Vine a preguntarle si puede arrojar alguna luz sobre este asunto.

—¿Ha venido usted a preguntarme si se me ha extraviado una rubia? ¿No es eso? ¿Por qué había yo de...? ¡Hola, hola, hola! ¿Qué es esto?

Se había detenido un coche a la puerta con gran chirrido de frenos. De él saltó a tierra una joven con pijama blanco y negro. Tenía los labios pintados muy rojos, las pestañas ennegrecidas y el cabello platinado. Se acercó dando grandes zancadas, abrió violentamente la puerta y exclamó, iracunda:

—¿Por qué me diste esquinazo, pedazo de bestia?

Basil Blake se había puesto en pie.

—¡Conque ahí estás! ¿Por qué no había de dejarte? Te dije que te largaras y no quisiste.

—¿Por qué diablos había de irme nada más que porque tú me lo dijeras? Me estaba divirtiendo.

—Sí... con ese guarro de Rosenberg. Ya sabes cómo es él...

—Lo que a ti te pasaba era que tenías celos.

—No presumas. No me gusta ver una muchacha a quien aprecio dejarse dominar por la bebida y permitir que la sobe un sinvergüenza.

—Eso es una mentira. También estabas tú bebiendo más de la cuenta y poniéndote pesado con esa morena.

—Si yo te llevo a una fiesta, es con la condición de que sepas comportarte como es debido.

—Y yo me niego a consentir que me den órdenes, para que te enteres. Dijiste que iríamos a la fiesta y que vendríamos aquí después. No pienso dejar una fiesta hasta que me dé la real gana de hacerlo.

—No; y por eso me fui de tu piso. Estaba ya dispuesto a venir aquí, y vine. No tengo por costumbre perder el tiempo esperando a ninguna estúpida mujer.

—¡Qué dulce y qué cortés eres!

—Pareces haberme seguido hasta aquí.

—¡Quería decirte lo que pensaba de ti!

—Si crees poder dominarme, hija mía, estás en un error.

—Y si tú crees que puedes mandarme a tu antojo, te has equivocado.

Se miraron, retadores.

Éste fue el instante en que el coronel Melchett aprovechó la oportunidad. Carraspeó con ruido...

Basil Blake se volvió rápidamente hacia él.

—Hola, me había olvidado de que estaba usted aquí. Ya va siendo hora de que se vaya con viento fresco, ¿verdad? Permítame que le presente... Dinah Lee... el coronel Blimp, de la policía del condado. Y ahora que ha visto usted que mi rubia está viva y en buen estado, coronel, quizá se decida a proseguir su trabajo relacionado con la prójima de Bantry. ¡Muy buenos días!

El coronel Melchett dijo:

—Le aconsejo que sea más cortés si no quiere encontrarse en dificultades, joven.

Y salió de la casa, muy colorado y furioso.

Capítulo III

I

En su despacho de Much Benham, el coronel Melchett recibió y examinó los informes de sus subordinados.

—… Conque todo parece bastante claro, jefe —estaba terminando de decir el inspector Slack—. Mistress Bantry se sentó en la biblioteca después de cenar y se acostó poco antes de las diez. Apagó las luces al salir de la habitación y, al parecer, nadie entró allí después. La servidumbre se acostó a las diez y media, y Lorrimer, después de dejar la bandeja con las bebidas en el vestíbulo, se fue a la cama a las once menos cuarto. Nadie oyó nada anormal, salvo la doncella tercera, y ésta oyó demasiado. Gemidos, un grito espantoso, pasos siniestros y Dios sabe qué más. La doncella segunda, que comparte con ella una alcoba, dice que su compañera durmió toda la noche de un tirón, sin dar un respingo siquiera. Son las que inventan cosas así las que nos dan tanto quehacer.

—¿Y la ventana forzada?

—Es trabajo de aficionado, según dice Simmons. Se hizo con un formón corriente. No haría mucho ruido. Debe de haber un formón en la casa; pero nadie ha conseguido encontrarlo. Sin embargo, eso ocurre con mucha frecuencia cuando se trata de herramientas.

—¿Cree que se enteró alguno de la servidumbre?

De bastante mala gana el inspector replicó:

—No, señor. No creo que sepan nada. Todos parecían aturdidos y disgustados. Me inspiró desconfianza Lorrimer… se mostró reticente, si comprende usted lo que quiero decir… pero no creo que haya nadie metido en el asunto.

Melchett movió afirmativamente la cabeza. Él no daba importancia a la reticencia de Lorrimer. El enérgico inspector Slack producía con frecuencia ese efecto en las personas a quienes interrogaba.

Se abrió la puerta y entró el doctor Haydock.

—Se me ocurrió asomarme aquí a darle una breve idea de la situación.

—Sí, sí, me alegro de verle. ¿Qué puede decirme?

—No gran cosa. Lo que era de suponer. La muerte se produjo por estrangulación. El cinturón de seda de su propio vestido le fue echado al cuello y cruzado por detrás. Muy fácil y muy sencillo de hacer. No haría falta mucha fuerza… es decir, si pillaron a la chica por sorpresa. No hay señales de lucha.

—¿Y la hora de la muerte?

—Entre diez y doce de la noche.

—¿No puede precisar más?

Haydock sacudió negativamente la cabeza y sonrió.

—No quiero poner en peligro mi fama profesional. No más temprano de las diez, y no más tarde de las doce.

—¿Y hacia qué hora se inclina la imaginación de usted?

—Escuche. Había fuego en la chimenea. La habitación estaba caliente. Todo eso contribuía a retrasar el momento de quedarse rígido el cadáver.

—¿Puede usted decir alguna otra cosa de ella?

—Poco más. Era joven, diecisiete o dieciocho años en mi opinión. No había alcanzado la madurez en ciertos aspectos; pero tenía la musculatura bien desarrollada. Un cuerpo bastante sano. Y a propósito, era virgen.

Y saludando con una inclinación de cabeza, el médico salió del cuarto.

Melchett le dijo al inspector:

—¿Está usted seguro de que no se la ha visto jamás en Gossington antes?

—La servidumbre parece segura de ello. Hasta se indignó. Dicen que se hubieran acordado de ella, de haberla visto alguna vez por los alrededores.

—Supongo que sí. Una mujer de este tipo se distinguiría a más de un kilómetro de aquí. Fíjese en la joven esa de Blake.

—¡Lástima que no haya sido ella! —dijo Slack—. Hubiéramos podido adelantar algo.

—Se me antoja que esa muchacha tiene que haber bajado de Londres —dijo el jefe de policía, pensativo—. No creo que encontremos indicio alguno en la localidad. Y, siendo así, supongo que haríamos bien en solicitar la ayuda de Scotland Yard. Es un caso para ellos, no para nosotros.

—Algo tiene que haberla traído aquí sin embargo —dijo Slack.

Y, agregó, tanteando:

—Yo creo que el coronel y mistress Bantry tienen que saber algo... Sé que son amigos suyos, jefe...

El coronel le dirigió una mirada fría. Dijo con dureza:

—Puede usted tener la seguridad de que estoy teniendo en cuenta todas las posibilidades. Todas las posibilidades... ¿Supongo que habrá usted repasado la lista de personas denunciadas como desaparecidas?

Slack movió afirmativamente la cabeza. Sacó una hoja de papel escrita a máquina.

—Las tengo aquí. Mistress Saunders, cuya desaparición se denunció hace una semana; morena de ojos azules, treinta y seis años. No es ésa... y sea como fuere, todo el mundo sabe, menos su marido, que se ha largado con un viajante de Leeds. Mistress Marnard... ésa tiene sesenta y cinco años. Pamela Reeves, dieciséis, desapareció de su casa anoche. Había ido a una reunión de Exploradoras. Cabellos castaño oscuro en trenza, un metro sesenta y cinco de estatura...

Melchett dijo con irritación:

—Hágame el favor de no leer detalles idiotas, Slack. Ésta no era una colegiala. En mi opinión...

Le interrumpió el timbre del teléfono. Fue allá.

—¿Diga...? Sí..., sí... Jefatura de Policía de Much Benham... ¿Cómo? Un momento...

Escuchó y escribió rápidamente. Luego dijo:

—Ruby Keene, dieciocho años, bailarina profesional, un metro sesenta, esbelta, rubia platino, ojos azules, nariz respingona, se cree que lleva traje de noche blanco diamante y zapatos sandalias plateados. ¿No es eso? ¿Cómo...? No; no cabe la menor duda, creo yo. Mandaré a Slack inmediatamente.

Colgó el auricular y miró a su subordinado con creciente excitación.

—Creo que hemos dado con ello. Hablaba la policía de Glenshire (Glenshire era el condado vecino). Muchacha denunciada como desaparecida del hotel Majestic, en Danemouth.

—Danemouth —dijo el inspector Slack—. Eso ya es otra cosa.

Danemouth era un balneario de moda, situado en la costa, no muy lejos de allí.

—Sólo está a unos veinticinco kilómetros de aquí —dijo el jefe—. La muchacha bailaba o no sé qué en el Majestic. No apareció a presentar su número anoche y la gerencia echaba chispas. Cuando siguió sin aparecer esta mañana, otra de las muchachas se alarmó, o tal vez fuera otra persona. No parece muy claro. Más vale que marche usted a Danemouth inmediatamente, Slack. Preséntese al superintendente Harper y coopere con él.

II

Siempre era del gusto del inspector Slack la actividad. Salir a toda marcha en automóvil, imponer silencio groseramente a las personas que ardían en deseos de contarle algo, cortar en seco conversaciones so pretexto de urgente necesidad... todo eso era la sal de la vida para Slack.

En un tiempo increíblemente corto, por consiguiente, había llegado a entrevistarse con un gerente del hotel, aturdido y aprensivo; y dejándole luego con el dudoso consuelo de «hay que asegurarse primero de que se trata, *en efecto*, de esa muchacha antes de levantar polvo», se hallaba camino de Much Benham de nuevo acompañado de la más próxima pariente de Ruby.

Había conferenciado ya brevemente con Much Benham por teléfono antes de salir de Danemouth; de suerte que el jefe de policía estaba preparado para su llegada, aunque tal vez no para la breve presentación que hizo.

—Ésta es Josie, jefe.

El coronel Melchett miró fríamente a su subordinado. Le hacía el efecto de que Slack había perdido el juicio.

La joven que acababa de saltar del coche acudió en su ayuda.

—Ése es mi nombre profesional —explicó, con fugaz destello de dientes fuertes, blancos y hermosos—. Mi compañero y yo usamos los nombres de Raymond y Josie, respectivamente; y, claro está, todo el hotel me conoce con el nombre de Josie. Mi verdadero nombre es Josephine Turner.

El coronel Melchett se ajustó a la situación e invitó a miss Turner a que se sentara, echándole entretanto una rápida mirada profesional.

Era una joven bien parecida, más cerca de los treinta que de los veinte años quizá, y su belleza dependía más del hábil maquillaje que de las facciones en sí. Parecía competente, de buen genio y gran sentido común. No era del tipo que pudiera calificarse jamás de hechicero, no obstante lo cual tenía atractivos en abundancia. Estaba maquillada muy discretamente y llevaba un traje de chaqueta oscuro. Aunque parecía disgustada y llena de ansiedad, no creyó el coronel que experimentara gran dolor.

Al sentarse, dijo:

—Parece demasiado horrible para ser verdad. ¿Cree usted que se trata de Ruby, en efecto?

—Me temo que eso es precisamente lo que tenemos que pedirle a usted que nos diga, y temo que le resulte un poco desagradable.

Miss Turner preguntó, aprensiva:

—¿Tiene…, tiene… un aspecto muy horrible?

—La verdad… temo que la emocione un poco.

Le ofreció su pitillera y ella aceptó un cigarrillo, agradecida.

—¿Quiere… quiere que la vea inmediatamente?

—Creo que sería lo mejor, miss Turner. Como comprenderá, de nada sirve el hacerle a usted preguntas mientras no tengamos la seguridad. Más vale pasar el mal rato de una vez, ¿no le parece?

—Bueno.

Tomaron el coche hasta el depósito.

Cuando Josie salió tras una breve visita, parecía bastante mareada.

—Es Ruby, en efecto —dijo con voz trémula—. ¡Pobre chica! ¡Cielos, sí que me siento rara! ¿No habrá —miró a su alrededor con nostalgia— un poco de ginebra?

No había ginebra, pero sí coñac y, tras beber un trago, miss Turner recobró el aplomo. Dijo con franqueza:

—Le da a una un vuelco el corazón al ver una cosa así, ¿verdad? ¡Pobrecita Ruby! ¡Qué canallas son los hombres! ¿No le parece?

—¿Usted cree que fue un hombre?

Josie pareció desconcertarse un poco.

—¿No lo fue? Bueno, quiero decir… yo creí, naturalmente…

—¿Pensaba usted en algún hombre en particular?

Ella negó vigorosamente con la cabeza.

—No… yo no. No tengo la menor idea. Como es natural, Ruby no me lo hubiera dicho si…

—¿Si qué?

Josie vaciló.

—Pues… si…, si hubiese tenido relaciones con alguien.

Melchett le dirigió una mirada aguda. No dijo más hasta que estuvieron de vuelta en el despacho.

—Ahora, miss Turner, deseo oír toda la información que pueda usted darme.

—Sí, naturalmente. ¿Por dónde quiere que empecemos?

—Quisiera conocer el nombre completo y las señas de la muchacha, el parentesco que la unía a usted con ella y todo lo que de ella sepa.

Josephine Turner movió afirmativamente la cabeza. Melchett vio confirmada su opinión de que la joven no experimentaba gran dolor. Estaba impresionada y angustiada; pero nada más. Habló sin dificultad:

—Se llamaba Ruby Keene... Ése era su nombre de guerra, claro está. El verdadero era Rosy Legge. Su madre era prima hermana de la mía. La he conocido toda la vida; pero no demasiado bien, si comprende lo que quiero decir... Tengo muchos primos, unos en el comercio, otros en el teatro... Ruby se estaba preparando para ser bailarina. Tuvo algunos contratos buenos el año pasado en pantomimas y todo eso. No con compañías de primera, pero sí con compañías buenas de provincias. Desde entonces ha estado contratada como una de las parejas de baile en el *Palais de la Danse*, en Bixwell, del sur de Londres. Es un sitio decente y cuidaban mucho de la muchacha; pero no se gana gran cosa.

Hizo una pausa. El coronel Melchett movió afirmativamente la cabeza.

—Y ahora —prosiguió Josephine— entro yo. He dirigido el baile y el bridge en el Majestic de Danemouth durante tres años. Es una buena plaza, bien pagada y agradable de desempeñar. Se encarga una de la clientela en cuanto entra... La estudia una, claro está, y adivina sus aficiones. A algunos les gusta que los dejen en paz y otros se sienten muy solos y quieren divertirse. Intenta una reunir a la gente adecuada para organizar partidas de bridge y todo eso... y se encarga de que los jóvenes bailen. Se requiere algo de tacto y de experiencia.

Melchett volvió a asentir con un gesto. Opinaba que aquella muchacha sabría desempeñar muy bien su cargo. Tenía modales agradables y amistosos y era perspicaz sin llegar a ser intelectual de una manera absoluta.

—Aparte de eso —continuó Josie—, hago un par de bailes de exhibición todas las noches con Raymond. Raymond Starr... el jugador de tenis profesional, y bailarín profesional también. Bueno, pues da la casualidad de que este verano resbalé en una roca cuando me bañaba un día y me torcí un tobillo.

Melchett había observado ya que cojeaba levemente.

—Claro está, eso puso fin al baile para mí durante una temporada, lo que resultaba un poco engorroso. No quería que el ho-

tel buscase a otra que ocupara mi lugar. Siempre existe el peligro
—durante unos momentos los ojos azules aceraron su mirada;
era la hembra luchando por la existencia— de que le estropeen a
una la combinación, como comprenderá. Conque me acordé de
Ruby y propuse a la gerencia que la hiciera ir allá. Yo seguiría en-
cargándome de recibir a la clientela, organizar las partidas de cartas y todo eso. Ruby se cuidaría del baile nada más. Quería con-
servarlo todo dentro de la familia, ¿comprende?

Melchett aseguró que comprendía.

—Bueno, pues se mostraron conformes; conque telegrafié a
Ruby y ella bajó. Era una oportunidad para ella. De más categoría
que todo lo que había hecho antes. Eso fue hace cosa de un mes.

El coronel dijo:

—Comprendo. Y, ¿fue un éxito?

—Oh, sí —repuso, como quien no da importancia a la cosa—;
Ruby cayó bien. No bailaba tan bien como yo; pero Raymond es
listo y la sacaba adelante, y era bastante mona además... esbelta, rubia y con cara infantil. Exageraba un poco el maquillaje...
Siempre la andaba yo regañando por eso. Pero ya sabe usted lo
que son las muchachas. Sólo tenía dieciocho años y a esa edad
siempre exageran las cosas un poco. No resulta eso en un sitio
de categoría como el Majestic. Siempre le hablaba de ello y pro-
curaba conseguir que fuera un poco más discreta.

Melchett preguntó:

—¿Gustaba a la gente?

—Oh, sí. Aunque, francamente, Ruby no era muy brillante en
su conversación. Era un poco sosa. Caía mejor entre los jóvenes.

—¿Tenía algún amigo en particular?

La mirada de la muchacha se encontró con la suya, comprendiendo perfectamente el alcance de la pregunta.

—No en el sentido que usted quiere decir. O por lo menos, no
que supiera yo. Pero claro está, ella no me lo hubiese dicho.

Durante un instante Melchett se preguntó por qué Josie no
daba la impresión de ser una exigente. Pero se limitó a decir:

—Tenga la bondad de describirme cuándo vio usted a su prima por última vez.

—Anoche. Ella y Raymond daban dos bailes de exhibición:
uno a las diez y media y el otro a medianoche. Dieron el primero. Después de eso, vi que Ruby bailaba con uno de los jóvenes
alojados en el hotel. Yo estaba jugando al bridge con unos señores en el salón. Hay una mampara de cristal entre el salón y la
sala de baile. Ésa fue la última vez que la vi. Un poco después de

medianoche, Raymond se acercó agitado, preguntó por Ruby, dijo que no se había presentado y que era hora de empezar. ¡Lo que yo me enfadé! Esas cosas son las que irritan a la gerencia y son causa de que las muchachas sean despedidas. Subí con él al cuarto de ella, pero Ruby no estaba allí. Noté que se había mudado. El vestido que había llevado para bailar, una prenda rosa, que parecía de espuma, estaba tirado sobre una silla. Generalmente conservaba el mismo vestido puesto, a menos que fuera la noche del baile especial... es decir, los miércoles.

»No tenía la menor idea de dónde podía haberse metido. Hicimos que la orquesta tocara un *fox-trot* más; pero Ruby seguía sin aparecer. Conque le dije a Raymond que bailaría yo con él. Escogimos un baile que no me castigara demasiado el tobillo y lo acortamos. No obstante lo cual, fue un poco fuerte para mí. Tengo el tobillo hinchado esta mañana. Y Ruby seguía sin aparecer cuando terminamos. Estuvimos en vela, esperándola, hasta las dos de la madrugada. Yo estaba furiosa con ella.

Su voz vibró levemente. Melchett notó el dejo de auténtica ira. Durante un momento se extrañó. La reacción era un poco más intensa de lo que justificaban los hechos. Tenía el presentimiento de que se había callado algo aposta. Dijo:

—Y esta mañana, cuando vio que Ruby no había vuelto y que su cama estaba sin deshacer, ¿fue usted a la policía?

Sabía por el breve mensaje telefónico de Slack desde Danemouth que Josie no había hecho tal cosa. Pero quería saber lo que diría ella.

Josie no vaciló. Dijo:

—No, señor. Yo no.

—¿Por qué no, miss Turner?

Los ojos de Josie le miraron con franqueza. Contestó:

—Usted no lo hubiera hecho... en mi lugar.

—¿Cree que no?

—Tengo que pensar en mi empleo. Una de las cosas que ningún hotel desea es el escándalo..., sobre todo si es uno en que tenga que intervenir la policía. No creí que le hubiese sucedido nada a Ruby. ¡Ni un instante! Creí que habría hecho la tontería de largarse con algún joven. Suponía que acabaría volviendo... ¡Y tenía la intención de ponerla verde cuando lo hiciese! Las muchachas de dieciocho años son todas tan tontas...

Melchett fingió consultar sus notas.

—Ah, sí. Veo que fue un tal míster Jefferson el que avisó a la policía. ¿Es uno de los alojados en el hotel?

Josephine Turner contestó lacónicamente:

—Sí.

El coronel preguntó:

—¿Qué le impulsó a míster Jefferson a hacer eso?

Josie se estaba acariciando un puño de la chaqueta. Parecía estarse reprimiendo. El coronel volvió a experimentar la sensación de que le ocultaba algo. Dijo ella, con bastante hosquedad:

—Es un inválido. Se... se excita con facilidad... Porque es inválido, quiero decir.

Melchett no insistió. Preguntó:

—¿Quién era el joven con el que vio usted bailar a su prima?

—Se llama Barlett. Ha estado allí unos diez días.

—¿Eran muy amigos?

—No gran cosa, creo yo. No que yo supiera, por lo menos.

De nuevo sonó la singular nota de ira en su voz.

—¿Qué dice él?

—Dice que después del baile Ruby subió a darse polvos en la nariz.

—¿Fue entonces cuando se cambió de vestido?

—Supongo que sí.

—Y, ¿eso es lo último que sabe de ella? ¿Después de eso Ruby...?

—Desapareció —dijo Josie—. Sí, señor.

—¿Conocía miss Keene a alguien en Saint Mary Mead? ¿O en estos alrededores?

—No lo sé. Quizá sí. Van muchos jóvenes a Danemouth y al Majestic procedentes de estos alrededores. Yo no tengo manera de saber dónde viven a menos que lo digan ellos.

—¿Ha oído usted mencionar el nombre de Gossington a su prima alguna vez?

—¿Gossington? —murmuró Josie, evidentemente perpleja.

—Gossington Hall.

Ella negó con la cabeza.

—En mi vida he oído ese nombre.

El tono en que lo dijo convencía. Y expresaba curiosidad también.

—Gossington Hall —explicó el coronel— es el lugar en que fue hallado el cadáver.

—¿Gossington Hall? —exclamó ella, mirándole con los ojos muy abiertos—. ¡Qué raro!

Melchett pensó para sí: «Extraordinario es el suceso, en efecto.» Y en voz alta:

—¿Conoce usted a un coronel o una señora con el nombre de Bantry?

Josie volvió a negar con la cabeza.

—¿Y a un tal Basil Blake?

La muchacha frunció el entrecejo.

—Me parece haber oído ese nombre. Sí; estoy segura de que lo he oído... pero no recuerdo nada de ese Basil Blake.

El diligente inspector Slack le pasó a su superior una hoja arrancada de su libro de notas. En ella iba escrito con lápiz:

El coronel Bantry cenó en el Majestic la semana pasada.

Melchett alzó la cabeza y su mirada se encontró con la del inspector. El jefe de policía se puso colorado. Slack era un hombre trabajador y celoso cumplidor de su deber y a Melchett le resultaba enormemente antipático. Pero no podía hacer caso omiso del reto. El inspector le estaba acusando tácitamente de favorecer a los de su propia clase social, de escudar a un antiguo compañero de universidad.

Se volvió hacia Josie.

—Miss Turner, yo quisiera que me acompañara usted a Gossington Hall, si no tiene inconveniente alguno.

Frío, retador, casi sin hacer caso de un murmullo de asentimiento de Josie, Melchett clavó su mirada en la de Slack.

Capítulo IV

I

Saint Mary Mead estaba pasando la mañana de más emoción que había conocido en mucho tiempo.

Miss Wetherby, solterona nariguda acidulada, fue la primera en propagar la intoxicante información. Se presentó en casa de su amiga y vecina miss Hartnell.

—Perdona que venga a verte tan temprano, querida; pero pensé que a lo mejor no habrías oído la *noticia*.

—¿Qué noticia? —exigió miss Hartnell.

Tenía una voz profunda, de bajo, y visitaba infatigablemente a los pobres a pesar de cuantos esfuerzos hacían éstos por librarse de su presencia.

—La relacionada con el cadáver de la biblioteca del coronel Bantry... un cadáver de mujer...

—¿En la *biblioteca* del coronel?

—Sí. Es terrible, ¿verdad?

—¡Pobre mujer la suya! —dijo miss Hartnell, tratando de disimular cuán grata le resultaba la noticia.

—En efecto, pobre mujer. No supongo que tuviera ella la menor idea...

Miss Hartnell observó severamente:

—Pensaba demasiado en su jardín y no lo bastante en su marido. No hay que quitarle ojo a un hombre... ni un momento... —repitió con ferocidad.

—Lo sé. Lo sé. Es verdaderamente horrible.

—¿Qué diría Jane Marple? ¿Crees tú que sabría ella algo del asunto? Es tan perspicaz en esas cosas...

—Jane Marple se ha ido a Gossington.

—¡Cómo! ¿Esta mañana?

—Muy temprano. Antes de desayunar.

—¡Cielos! ¡Hay que ver...! Bueno, quiero decir que eso me parece a mí llevar las cosas *demasiado* lejos. Todos sabemos que a Jane le gusta meter las narices en todo... Pero a esto lo llamo yo... ¡indecente!

—Oh, pero es que mistress Bantry la mandó llamar.

—¿Que mistress Bantry la mandó llamar a ella?

—Vino el automóvil a buscarla. Lo conducía Muswell.

—¡Dios mío! ¡Qué cosa más singular!

Guardaron silencio unos minutos, asimilando la noticia.

—¿De quién era el cadáver? —exigió miss Hartnell.

—¿Sabes esa horrible mujer que viene con Basil Blake?

—¿Esa rubia oxigenada? —miss Hartnell estaba un poco rezagada en cuestión de modas. Aún no había avanzado de la rubia oxigenada a la rubia platino—. ¿Esa que está a veces tumbada en el jardín desnuda como quien dice?

—Sí, querida. Ahí estaba... sobre la alfombra ... ¡estrangulada!

—Pero, ¿qué quieres decir...? ¿*En Gossington*?

Miss Wetherby movió afirmativa y expresivamente la cabeza.

—Entonces..., ¿el coronel Bantry también...?

Volvió a decir que sí miss Wetherby con la cabeza.

—¡Oh!

Hubo una pausa mientras las dos damas saboreaban aquella nueva adición al escándalo del pueblo.

—¡Qué mujer más malvada! —trompeteó miss Hartnell con ira implacable.

—De una moralidad completamente relajada, me temo.

—Y el coronel Bantry... un hombre tan simpático y discreto...

Miss Wetherby dijo con verdadero deleite:

—Los más callados son con frecuencia los peores. Jane Marple dice eso siempre.

II

Mistress Price Ridley fue una de las últimas en oír la noticia.

Rica y autoritaria viuda, vivía en una gran casa al lado de la vicaría. Conoció el suceso por boca de su doncellita Clara.

—¿Una mujer dices, Clara? ¿*Hallada muerta sobre la alfombra del coronel Bantry*?

—Sí, señora. Y dicen, señora, que no llevaba nada puesto, señora..., ¡ni un trapo!

—Basta, Clara; no es necesario entrar en detalles.

—No, señora. Y dicen, señora, que al principio creyeron que era la novia de míster Blake, señora... la que bajaba con él los fines de semana a la casa nueva de míster Booker. Pero ahora dicen que es una señorita completamente distinta, señora. Y el dependiente del pescadero dice que jamás lo hubiera creído del coronel Bantry, señora…, no, cuando el coronel pasa con la bandeja para la colecta los domingos en la iglesia…

—Hay mucha maldad en el mundo, Clara —dijo mistress Price Ridley—. Que esto te escarmiente.

—Sí, señora. Mi madre nunca me deja que entre a servir en una casa donde haya un caballero.

—Puedes retirarte, Clara —dijo mistress Price Ridley.

III

Sólo había un paso desde la casa de mistress Price Ridley hasta la vicaría.

Mistress Price Ridley tuvo la suerte de encontrar al vicario en su estudio.

El vicario, hombre apacible, de edad madura, era siempre el último en enterarse de todo.

—¡Es una cosa tan terrible! —dijo mistress Price Ridley jadeando un poco, porque había ido bastante aprisa—. Me parece absolutamente necesario acudir a usted en busca de consejo, querido vicario.

Míster Clement pareció alarmarse. Preguntó:

—¿Ha sucedido algo?

—¿Que si ha sucedido algo? —exclamó la señora, repitiendo la pregunta con gesto dramático—. ¡El más horrible escándalo! Ninguno de nosotros tenía la menor idea de ello. Una mujer depravada, completamente desnuda, estrangulada sobre la alfombra, ante la chimenea del coronel Bantry.

El vicario la miró boquiabierto. Dijo:

—¿Se… se encuentra usted bien de salud?

—No me extraña que le cueste trabajo creerlo. Yo tampoco podía al principio. ¡La hipocresía de ese hombre! ¡Todos estos años!

—Tenga la bondad de contarme exactamente lo ocurrido.

Mistress Price Ridley se lanzó a hacer un relato completo. Cuando hubo terminado, míster Clement dijo apaciblemente:

—Pero no hay nada, ¿verdad?, que indique que el coronel Bantry tuviera nada que ver con ello.

—¡Oh, querido vicario! ¡Sabe usted tan poco del mundo! Pero voy a contarle una cosa. El jueves pasado, o ¿sería el jueves anterior? Bueno, da lo mismo... Yo iba a Londres en el tren con billete reducido. El coronel Bantry iba en el mismo vagón. Me pareció muy abstraído. Y durante casi todo el camino estuvo parapetado tras el *Times*. Como si no quisiera hablar, ¿comprende?

El vicario expresó con un movimiento de cabeza su completa comprensión, y posiblemente su completo acuerdo con la acción del coronel.

—Al llegar a la estación de Paddington le dije adiós. Él había ofrecido buscarme un taxi; pero yo iba a tomar el autobús hasta Oxford Street. El coronel, sin embargo, alquiló un coche y le oí claramente decirle al conductor que le llevara a... *¿a dónde cree usted?*

Míster Clement la miró interrogador.

—¡A una dirección de *Saint John's Wood*!

Mistress Price Ridley hizo una pausa triunfal.

—Eso, en mi opinión, lo demuestra —dijo mistress Price Ridley.

El vicario siguió tan enterado como antes.

IV

En Gossington, mistress Bantry y miss Marple estaban en la sala conversando animadamente.

—¿Sabes? —dijo mistress Bantry—. Me alegro de que se hayan llevado el cadáver. No es *agradable* tener un cadáver en casa.

Miss Marple asintió con un movimiento de cabeza.

—Ya sé, querida. Comprendo perfectamente tus sentimientos.

—No puedes comprenderlos. Sería necesario para eso que hubieras tú tenido un cadáver en tu casa. Ya sé que tuviste uno en la casa de al lado una vez; pero eso no es lo mismo. Espero —prosiguió— que no le coja Arthur antipatía a la biblioteca. ¡Nos sentamos tanto en ella! ¿Qué estás haciendo, Jane?

Porque miss Marple, tras echar una mirada a su reloj, se estaba poniendo en pie.

—Estaba pensando marcharme a casa. Si no puedo hacer ninguna cosa por ti...

—No te vayas aún. Los de las huellas dactilares, los fotógrafos y casi todos los policías se han marchado ya; pero sigo teniendo el presentimiento de que puede suceder algo. Tú no querrás que se te escape algo.

Sonó el teléfono y fue a contestar. Volvió con la cara radiante.

—Ya te dije que ocurrirían más cosas. Era el coronel Melchett. Viene aquí con la prima de la pobre muchacha.

—¿Para qué será? —murmuró miss Marple.

—Oh, supongo que para que vea dónde sucedió y todo lo demás.

—Para algo más que eso será, seguramente.

—¿Qué quieres decir, Jane?

—Pues que… tal vez… quiera que conozca al coronel Bantry.

Mistress Bantry dijo vivamente:

—¿Para ver si le reconoce? Supongo… oh, sí; supongo que han de sospechar de Arthur.

—Me temo que sí.

—¡Como si Arthur pudiera tener nada que ver con el asunto!

Miss Marple guardó silencio. Mistress Bantry se volvió hacia ella, acusadora.

—Y no me pongas como ejemplo al viejo general Henderson… o a algún horrible viejo por el estilo que mantenía a su doncella… Arthur no es así.

—No, no, claro que no.

—No; es que no lo es. Sólo es… a veces… un poco tonto con las muchachas bonitas que vienen a jugar al tenis. Un poco fatuo y protector, ¿comprendes? Lo hace sin malicia. Y, ¿por qué no había de hacerlo? Después de todo —terminó diciendo mistress Bantry con paz nebulosa— yo tengo el jardín.

Miss Marple sonrió.

—No debes preocuparte, Dolly —dijo.

—No; no tengo la menor intención de hacerlo. No obstante lo cual, sí que me preocupo un poco. Y Arthur también. Le ha disgustado. Todos esos policías rondando por ahí… Se ha ido a la granja. El ver cerdos y todo eso le apacigua cuando está disgustado. Hola. Aquí están.

El coche del jefe de policía se detuvo a la puerta.

El coronel Melchett entró acompañado de una joven elegantemente vestida.

—Ésta es miss Turner, mistress Bantry. La prima de la… la… víctima.

—Tanto gusto —dijo mistress Bantry, avanzando con la mano extendida—. Todo esto debe de ser terrible para usted.

Josephine Turner dijo con franqueza:

—Sí que lo es. Nada de ello parece real. Es como una pesadilla.

Mistress Bantry presentó a miss Marple.

Melchett preguntó, con aparente despreocupación:

—¿Está por aquí el bueno de su marido?

—Tuvo que ir a una de las granjas. Estará de vuelta pronto.

—Oh...

Melchett pareció desconcertado.

Mistress Bantry le dijo a Josie:

—¿Le gustaría a usted ver dónde..., dónde ocurrió? O, ¿preferiría no verlo?

Josephine dijo tras un instante de pausa:

—Creo que me gustaría verlo.

Mistress Bantry la condujo a la biblioteca, seguida del coronel Melchett y de miss Marple.

—Ahí estaba —anunció mistress Bantry con gesto dramático—, sobre la estera.

—¡Oh!

Josie se estremeció. Pero también dio muestras de perplejidad. Dijo, arrugando la frente:

—No puedo comprenderlo. ¡No puedo!

—Pues nosotros menos aún —aseguró mistress Bantry.

Josie dijo lentamente:

—No es la clase de sitio...

Y se interrumpió.

Miss Marple manifestó su asentimiento con lo que había quedado a medio decir, mediante un dulce movimiento de cabeza.

—Eso —murmuró— es lo que precisamente lo hace tan interesante.

—Vamos, miss Marple —dijo el coronel Melchett, de buen humor—, ¿no se le ocurre a usted una explicación?

—Oh, sí. Sí que se me ocurre una explicación —repuso la anciana—. Una explicación admisible. Pero claro, sólo se trata de una idea más. Tommy Bond —continuó— y mistress Martin, nuestra nueva maestra de escuela. Fue a dar cuerda al reloj y saltó fuera una rana.

Josie Turner la miró extrañada. Cuando salían todos del cuarto, le preguntó a mistress Bantry:

—¿Está esa señora un poco mal de la cabeza?

—¡De ninguna manera! —exclamó indignada mistress Bantry.

Dijo Josie:

—Perdone. Creí que a lo mejor se imaginaba ser ella una rana o algo así.

El coronel Bantry entraba en aquellos instantes por la puerta excusada. Melchett le llamó y observó a Josephine Turner mientras hacía las presentaciones. Pero no sorprendió gesto alguno de interés ni señal de que le reconociese. Melchett exhaló un suspiro de alivio. ¡Al diablo con Slack y sus insinuaciones!

En contestación a una pregunta del coronel Bantry, Josie estaba contando la historia de la desaparición de Ruby Keene.

—Sería una preocupación terrible para usted, querida —dijo mistress Bantry.

—Estaba más furiosa que preocupada —aseguró Josie—. Yo no sabía entonces que le había ocurrido algo, claro está.

—Y, sin embargo —dijo miss Marple—, fue usted a la policía. ¿No fue eso... y usted perdone... un poco *prematuro*?

Josie dijo con avidez:

—¡Ah, pero no fui! Lo hizo, tan pronto lo supo, míster Jefferson...

Dijo mistress Bantry:

—¿Jefferson?

—Sí; es un inválido.

—¿No será *Conway* Jefferson? ¡Si le conozco muy bien! Es un viejo amigo nuestro. Arthur, escucha... Conway Jefferson. Se aloja en el Majestic y fue él quien lo notificó a la policía. ¿No es eso una coincidencia?

Josephine Turner dijo:

—Míster Jefferson estuvo aquí el verano pasado también.

—¡Hay que ver! Y nosotros sin saberlo. No le he visto desde hace la mar de tiempo. ¿Cómo... cómo se encuentra actualmente?

Josie reflexionó.

—A mí me parece maravilloso. De veras... Verdaderamente maravilloso. Teniendo en cuenta las circunstancias, quiero decir. Siempre está alegre... siempre tiene un chiste a flor de labios.

—¿Está la familia allí con él?

—¿Míster Gaskell, quiere decir? ¿Y mistress Jefferson joven? ¿Y Peter? Oh, sí.

Algo cohibía a Josephine Turner y frenaba su atractiva franqueza habitual. Al hablar de los Jefferson, había algo no del todo natural en su voz.

Mistress Bantry dijo:

—Los dos son muy agradables, ¿verdad? Los jóvenes, quiero decir.

Josie contestó algo indecisa:

—Oh, sí... sí que lo son. Yo... nosotros... sí, sí que lo son, en *realidad*.

V

—Y, ¿qué —exigió mistress Bantry mirando por la ventana hacia el coche del jefe de policía que se alejaba—, quería decir con eso? «Lo son, en realidad.» ¿Crees tú, Jane, que hay algo...?

Miss Marple se abalanzó sobre las palabras con avidez.

—¡Oh, sí...! ¡Sí que lo creo! ¡Es completamente *inconfundible*! Cambió inmediatamente cuando se hizo mención de los Jefferson. Había parecido natural hasta aquel momento.

—Pero, ¿qué crees tú que es, Jane?

—Mira, querida, tú los conoces. Lo único que yo presiento es que hay algo, como tú dices, de ellos, que tiene alarmada a la joven esa. Y otra cosa. ¿No notaste que cuando le preguntaste si no experimentó ansiedad al ver que había desaparecido la muchacha, te contestó que estaba furiosa? Y parecía furiosa..., ¡furiosa de verdad! Eso se me antoja interesante, ¿sabes? Se me ocurre, quizá me equivoque, que ésta es su principal reacción ante la muerte de la muchacha. No le tenía el menor cariño, estoy segura. No le llora ni mucho menos. Pero sí que creo definitivamente que el pensar en esa muchacha, en Ruby Keene, la enfurece. Y aquí lo interesante es saber... ¿*por qué*?

—¡Ya lo averiguaremos! —aseguró mistress Bantry—. Iremos a Danemouth y nos alojaremos en el Majestic... Sí; tú también, Jane. Necesito un cambio de aires después de lo ocurrido aquí. Unos cuantos días en el Majestic... eso es lo que necesitamos, y conocerás a Conway Jefferson. Es encantador... encantador de verdad. Es la historia más triste que puedas imaginar. Tenía un hijo y una hija y al uno y al otro los quería entrañablemente. Los dos estaban casados, pero pasaban largas temporadas en casa de su padre. Su esposa era una mujer dulcísima también y él la adoraba. Un año volaban a casa desde Francia y hubo un accidente. Se mataron todos: el piloto, mistress Jefferson, Rosamund y Frank. A Conway le quedaron las piernas tan mal heridas, que hubieron de amputárselas. Y ha sido maravilloso... ¡Su valor! ¡Su ánimo! Era un hombre muy activo y ahora es un inválido; pero jamás se queja. Su nuera vive con él... Era viuda cuando Frank Jefferson se casó con ella y tenía un hijo del primer matrimonio. Peter Carmody. Los dos viven con Conway. Mark Gaskell, marido de Rosamund, está allí también la mayor parte del tiempo. Fue una tragedia horrible.

—Y ahora —dijo miss Marple— hay aún otra tragedia...

Dijo mistress Bantry:

—Oh, sí..., sí..., pero no tiene nada que ver con los Jefferson.

—¿No...? Fue míster Jefferson quien lo notificó a la policía.

—En efecto..., ¿sabes, Jane? Sí que es curioso todo eso...

Capítulo V

I

El coronel Melchett se hallaba frente a frente con un gerente del hotel muy disgustado. Le acompañaba el superintendente Harper, de la policía de Glenshire, y el inevitable inspector Slack, este último bastante enfadado con la deliberada usurpación del caso por parte del jefe de policía.

El superintendente Harper tendía a mostrarse apaciguador con el lacrimoso míster Prescott, y el coronel Melchett daba muestras de aspereza y brutalidad.

—Cuando una cosa no tiene remedio, hay que apechugar con ella —decía con brusquedad—. La muchacha ha muerto... estrangulada. Tiene usted suerte de que no la estrangularan en su propio hotel. Esto sitúa la investigación en un condado distinto y ahorra muchísimas molestias y publicidad a su establecimiento. Pero hay que hacer ciertas indagaciones, y cuanto antes las llevemos a cabo, mejor para todos. Puede confiar en que seremos discretos y en que obraremos con tacto. Conque le propongo que se deje de rodeos y vaya derecho al grano. ¿Qué sabe usted exactamente de esa muchacha?

—Yo no sabía nada... ni una palabra. Josie la trajo aquí.

—¿Lleva Josie aquí mucho tiempo?

—Dos años... no; tres.

—¿Y le gusta?

—Sí; Josie es una buena muchacha... una muchacha muy agradable. Competente. Tiene don de gentes y sabe apaciguar las discusiones. Puede manejar a la gente...

El coronel Melchett expresó su total asentimiento con un gesto. Su esposa era muy aficionada al bridge, pero lo jugaba muy mal. Míster Prescott continuó:

—Josie tiene mucha habilidad en eso de calmar los ánimos. Sabe manejar muy bien a la gente... Es agradable, pero inflexible, si comprende usted lo que le quiero decir...

Melchett volvió a asentir con un movimiento de cabeza. Ahora sabía lo que le había recordado miss Josephine Turner. A pesar del maquillaje y de la elegancia de su porte, tenía marcadas reminiscencias de institutriz.

—Confío en ella —prosiguió míster Prescott, tornándose quejumbroso—. ¿Por qué diablos se puso a jugar encima de rocas resbaladizas de una forma tan estúpida? Tenemos una playa muy bonita aquí. ¿Por qué no podía bañarse en ella? ¡Resbalar, caer y torcerse el tobillo! ¡Qué manera de portarse conmigo! Le pago para que baile y juegue al bridge y se encargue de que todos se diviertan y sean felices... no para que vaya a bañarse donde hay rocas y se tuerza el tobillo. Las bailarinas debieran tener mucho cuidado con sus tobillos y no correr riesgos. Me molestó muchísimo. No había derecho a que el hotel sufriera las consecuencias de su estupidez.

Melchett cortó en seco el relato.

—Y..., ¿entonces propuso ella que viniera su prima?

Prescott asintió a regañadientes.

—Sí, señor. La idea no me pareció mala. Aunque claro está, yo no tenía la menor intención de meterme en más gastos. Estaba dispuesto a mantener a la muchacha y nada más. Si quería cobrar algo, tendría que entendérselas con Josie y así se acordó. Yo no sabía una palabra de la muchacha.

—Pero..., ¿dio buen resultado?

—Eso sí. No parecía mala chica. Era muy joven, es cierto... algo ordinaria quizá para un sitio de esta categoría; pero se portaba bien. Bailaba bien. Gustaba a la gente.

—¿Bonita?

Había sido difícil deducir esto de la hinchada y azulada cara del cadáver.

Míster Prescott estudió la pregunta.

—Así, así —dijo al fin—. La cara un poco chupada, ¿comprende? No hubiera valido gran cosa sin maquillaje. Pero con ayuda de éste conseguía parecer bastante atractiva.

—¿Tenía muchos admiradores?

—Sé dónde quiere usted ir a parar —míster Prescott se excitó—. Yo nunca vi nada. Nada de particular. Uno o dos muchachos la rondaron un poco... pero eso era normal, como quien dice. Nadie de quien pudiera sospecharse un estrangulamiento en mi opinión. Se llevaba bien con la gente de más edad por añadidura... Se hacía simpática por su charla... Parecía una criatura, ¿comprende? Eso les divertía.

El superintendente Harper insinuó con voz profunda y melancólica:

—¿A míster Jefferson, por ejemplo?

El gerente movió afirmativamente la cabeza.

—Sí. Al hablar de gente de más edad estaba pensando en míster Jefferson precisamente. Acostumbraba sentarse a su lado y con la familia muy a menudo. A veces la llevaba a dar un paseo. A míster Jefferson le gusta mucho la gente joven y se mostraba muy bueno con ella. No quiero que haya malas interpretaciones. Míster Jefferson está impedido. No puede ir muy lejos... sólo a donde puede llevarle el sillón de ruedas. Pero siempre le gusta ver cómo se divierte la gente joven... Presencia los partidos de tenis, los baños y todo eso... y da fiestas a la juventud aquí. La juventud le gusta, como he dicho, y no está ni pizca de amargado como bien podía estarlo. Un caballero muy popular, y en mi opinión, de un carácter muy hermoso.

—¿Y se interesaba por Ruby Keene?

—Creo que le distraía su conversación.

—¿Compartía la familia la simpatía que la muchacha le inspiraba?

—Siempre se mostró la familia muy amable con ella.

Dijo Harper:

—¿Y fue él quien denunció su desaparición a la policía?

Consiguió impregnar sus palabras de un significado y un reproche que hicieron reaccionar inmediatamente al otro.

—Póngase usted en mi lugar, míster Harper. Yo no soñé ni un instante que hubiera podido ocurrir nada malo. Míster Jefferson vino a mi despacho hecho una furia. La muchacha no había dormido en su cuarto. No había hecho su número de baile la noche anterior. Debía de haber salido a dar un paseo en automóvil o sufrió un accidente quizás. ¡Era preciso informar inmediatamente a la policía! ¡Hacer indagaciones! Estaba descompuesto y se sentía autoritario. Telefoneó a la policía desde mi propio despacho.

—¿Sin consultar a miss Turner?

—A Josie le hizo muy poca gracia. Me di cuenta de eso. Estaba la mar de molesta por todo lo ocurrido... molesta con Ruby, quiero decir. Pero, ¿qué podía hacer ella?

—Creo —dijo Melchett— que será mejor que nos entrevistemos con míster Jefferson. ¿Eh, Harper?

El superintendente asintió.

Míster Prescott subió con ellos a las habitaciones de Conway Jefferson. Se hallaban en el primer piso, con vistas al mar. Melchett dijo, como sin darle importancia:

—Se trata a cuerpo de rey, ¿eh? ¿Es rico?

—Creo que posee una cuantiosa fortuna. No regatea nada cuando viene aquí. Se hace reservar las mejores habitaciones, come generalmente a la carta, toma vinos caros... lo mejor de todo.

Melchett movió afirmativamente la cabeza.

Míster Prescott llamó con los nudillos a la puerta y una voz de mujer dijo:

—¡Adelante!

Entró el gerente y los demás le siguieron.

Míster Prescott habló en tono de disculpa a la mujer, que, sentada junto a la ventana, volvió la cabeza al entrar ellos.

—Siento mucho molestarla, mistress Jefferson; pero estos señores son... de la policía. Tienen vivos deseos de hablar con míster Jefferson. Ah..., el coronel Melchett... el superintendente Harper... el inspector... Slack... mistress Jefferson.

Mistress Jefferson correspondió a la presentación inclinando levemente la cabeza.

Una mujer de facciones corrientes fue la primera impresión de Melchett. Luego, al dibujarse una leve sonrisa en los labios y al oírla hablar, cambió de opinión. Tenía una voz singularmente encantadora y simpática y sus ojos, claros, color avellana, eran hermosos. Vestía sobriamente, pero bien, y tendría, a juicio del coronel, unos treinta y cinco años.

Dijo ella:

—Mi suegro está durmiendo. No es fuerte ni muchísimo menos y este asunto ha sido un terrible golpe para él. Tuvimos que llamar al médico, que le dio algo sedante. En cuanto se despierte sé que querrá verles a ustedes. Entretanto, quizá pueda yo ayudarles.

Míster Prescott, ardiendo en deseos de escapar, le dijo al coronel:

—Bueno... eh ... si no desean que haga ninguna otra cosa por ustedes ...

Y recibió, agradecido, permiso para retirarse.

Una vez se cerró la puerta tras él, el ambiente adquirió una calidad más amable y más sociable. Adelaide Jefferson tenía la virtud de saber crear una atmósfera sedante. Era una mujer que nunca parecía decir cosa alguna notable, pero que lograba estimular a los demás para que hablasen y se encontraran como en su casa. Ahora dio la nota más indicada al decir:

—Ese asunto nos ha horrorizado mucho a todos. Veíamos con frecuencia a la muchacha, ¿sabe? Parece increíble. Mi suegro está enormemente disgustado. Le tenía mucho afecto a Ruby. Se hacía querer.

Dijo el coronel Melchett:

—Creo que fue míster Jefferson quien lo notificó a la policía, ¿verdad?

Quería ver la reacción de ella. Hubo un destello, nada más que un destello, de... ¿molestia? ¿preocupación...? No supo interpretarlo con exactitud; pero había *algo* y le pareció que se veía obligado a concentrar sus facultades, como para hacer frente a una tarea desagradable, antes de continuar.

Dijo:

—Así es, en efecto. Como está impedido, se disgusta o alarma con facilidad. Intentamos persuadirle de que no había pasado nada, de que habría una explicación perfectamente lógica, y que a la propia muchacha no le gustaría que fuese avisada la policía. Él insistió. Bueno —hizo un pequeño gesto—, él tenía razón y nosotros no.

Melchett preguntó:

—¿Conocían bien ustedes a miss Ruby Keene, mistress Jefferson?

Ella recapacitó.

—Es difícil precisar. Mi suegro es muy amante de la gente joven y le gusta verse rodeado de ella. Ruby era un tipo nuevo para él... su charla le divertía y despertaba su interés. Se pasaba muchos ratos sentada con nosotros en el hotel y mi suegro la sacaba a dar paseos en el automóvil.

La voz era reservada. Melchett se dijo: «Podría decir mucho más si quisiera.»

Preguntó:

—¿Tiene la bondad de contarme lo que sepa de los acontecimientos de anoche?

—Ya lo creo. Pero me temo que habrá muy poca cosa que pueda ser de utilidad. Después de cenar, Ruby vino a sentarse con nosotros en el salón. Se quedó aún después de haber empezado el baile. Habíamos acordado jugar al bridge más tarde; pero estábamos aguardando a Mark, es decir, a Mark Gaskell, mi cuñado..., se casó con la hija de míster Jefferson, ¿saben...?, que tenía cartas importantes que escribir. Y aguardamos también a Josie. Ella iba a hacer de cuarto jugador.

—¿Sucedía con frecuencia?

—Con mucha frecuencia. Es una jugadora de primera, claro está, y muy agradable. Mi suegro es un gran aficionado al bridge, y siempre que era posible, le gustaba que Josie jugara con nosotros en lugar de buscar a una persona extraña. Como es natural, ya que ella ha de combinar los equipos de jugadores, no siempre puede jugar con nosotros; pero lo hace siempre que puede y como —sonrieron sus ojos un poco— mi suegro gasta mucho dinero en el hotel, la gerencia está encantada de que Josie nos favorezca.

Melchett preguntó:

—¿Le es a usted simpática Josie?

—Sí, señor. Siempre está de buen humor y alegre. Trabaja mucho y parece hacerlo con gusto. Es perspicaz, aunque no muy culta. Y... bueno... nunca tiene pretensiones en nada. Es natural y no tiene ni pizca de afectación.

—Prosiga, mistress Jefferson.

—Como digo, Josie tiene que combinar los jugadores, y Mark estaba escribiendo; conque Ruby estuvo sentada charlando con nosotros un poco más de tiempo que de costumbre. Luego se acercó Josie, y Ruby marchó a hacer su primer número de baile con Raymond, un bailarín y jugador de tenis profesional. Volvió nuevamente a nuestro lado en el preciso instante en que se reunía con nosotros Mark. Después se fue a bailar con un joven y nosotros nos pusimos a jugar al bridge.

Mistress Jefferson se interrumpió e hizo un gesto de resignada impotencia.

—¡Y eso es todo cuanto sé! La vi una sola vez de refilón cuando bailaba; pero el bridge es un juego que requiere concentración y apenas miré por la mampara de cristal hacia la sala de baile. A eso de medianoche Raymond se acercó a Josie la mar de agitado y le preguntó dónde estaba Ruby; Josie, naturalmente, intentó hacerle callar, pero...

El superintendente Harper interrumpió. Dijo con voz serena:

—¿Por qué *naturalmente*, mistress Jefferson?

—Pues... —La señora vaciló. A Melchett se le antojó que parecía algo desconcertada—. Josie no quería que se diera mucha importancia a la desaparición de la muchacha. Se consideraba a sí misma responsable de ella hasta cierto punto. Dijo que Ruby estaría probablemente en su cuarto, que había hablado de tener un dolor de cabeza anteriormente... a propósito, no creo que eso fuera verdad. Josie lo dijo nada más que como excusa. Raymond marchó y telefoneó al cuarto de Ruby, pero según parece, no recibió contestación y volvió a nosotros enfadado... Josie se fue con él e intentó apaciguarle y acabó bailando en lugar de Ruby. Fue un acto de valor porque se notó después que le había hecho daño el tobillo. Volvió a nuestro lado al terminar la danza e intentó calmar a míster Jefferson. Se había excitado mucho para entonces. Conseguimos persuadirle, por fin, y le rogamos que se acostara. Le dijimos que Ruby se habría marchado, con toda seguridad, a dar una vuelta en automóvil y que se habría pinchado algún neumático. Se acostó intranquilo, y esta mañana empezó a dar guerra enseguida —hizo una pausa—. Lo demás relacionado con el asunto en cuestión, ya lo saben.

—Gracias, mistress Jefferson. Ahora voy a preguntarle si tiene usted alguna idea de quién puede haber sido el autor de lo sucedido.

Ella prosiguió sin vacilar:

—No tengo la menor idea. Temo que no pueda ayudarle en absoluto por ese lado.

Él insistió:

—¿Nunca dijo nada la muchacha? ¿No habló de celos? ¿No mencionó a hombre alguno al que tuviese miedo? ¿Ni a nadie con quien intimara?

Adelaide Jefferson contestó negativamente a todas las preguntas, sacudiendo la cabeza.

No parecía haber ninguna otra cosa que pudiera ella decirles.

El superintendente propuso que se entrevistaran con el joven George Barlett y que volvieran a ver a míster Jefferson más tarde. El coronel asintió y los tres hombres salieron, prometiendo la señora avisar en cuanto se hubiese despertado míster Jefferson.

—Una mujer agradable —dijo el coronel cuando cerraron la puerta tras de sí.

—Muy agradable, en verdad —respondió el superintendente.

III

George Barlett era un joven delgado y larguirucho con una nuez muy saliente y una inmensa dificultad para decir lo que quería decir. Se encontraba en tal estado de nervios que resultaba difícil sacarle una declaración serena.

—Oigan, es horrible, ¿verdad? Como lo que uno lee en los sucesos... pero a uno nunca le da la sensación de que ha ocurrido de veras...

—Por desgracia, no existe la menor duda acerca de ello, míster Barlett —dijo el superintendente.

—No, no; claro que no. Pero parece la mar de raro. Y a unos kilómetros de aquí y todo... en una casa de campo, ¿verdad? Una casa de postín y todo eso. Revolucionó a la vecindad, ¿eh?

El coronel Melchett intervino:

—¿Conocía usted bien a la muerta, míster Barlett?

George Barlett pareció alarmarse.

—Oh, no... no muy bien, se... ñor. Apenas la conocía... si usted quiere entenderme. Bailé con ella una o dos veces... nos saludábamos... algo de tenis... *usted* ya sabe.

—Creo que fue usted la última persona en verla viva anoche ¿verdad?

—Supongo que sí..., ¿verdad que es algo terrible? Quiero decir... estaba completamente bien cuando yo la vi... absolutamente bien.

—¿Bailó con ella?

—Sí... si quiere que le diga la verdad... bueno, sí, bailé. A primera hora de la noche, sin embargo. Le diré... fue inmediatamente después de su baile de exhibición con el profesional ese. Serían las diez, las diez y media, las once, no lo sé.

—No se preocupe de la hora. La podemos fijar nosotros. Cuéntenos exactamente lo que ocurrió anoche.

—Pues bailamos, ¿sabe?, no es que yo sea un gran bailarín.

—La forma en que usted baila no tiene nada que ver con el caso, míster Barlett.

George Barlett dirigió una mirada preñada de alarma al coronel y tartamudeó:

—N-ah... n-no, supongo que no. Bueno, pues como decía, bailamos, dando vueltas y más vueltas y yo hablé. Pero Ruby no dijo gran cosa y bostezó un poco. Como dije, no bailo muy bien, conque las muchachas... *bueno* parecen preferir no hacerlo conmigo, si usted me entiende. Dijo que tenía dolor de cabeza... yo comprendo perfectamente cuándo me largan una indirecta, conque dije: «Está bien» y no hubo más que hablar.

—¿Qué fue lo último que le vio hacer a ella?

—Subir la escalera.

—¿No habló de tener que encontrarse con nadie? ¿O de ir a dar un paseo en automóvil? O... o..., ¿de tener una cita?

Barlett negó con la cabeza.

—Conmigo, no —respondió melancólico—. No hizo más que deshacerse de mí.

—¿Qué impresión le causó? ¿Parecía experimentar ansiedad, o estar abatida o preocupada?

George Barlett reflexionó. Luego negó con la cabeza.

—Parecía algo aburrida. Bostezaba como ya he dicho. Nada más.

El coronel Melchett dijo:

—¿Y qué hizo usted, míster Barlett?

—¿Eh?

—¿Qué hizo usted cuando le dejó Ruby Keene?

George le miró boquiabierto.

—Aguarde un momento…, ¿qué *hice*?

—Estamos aguardando a que usted nos lo diga.

—Sí, sí, claro… Es difícil recordar las cosas, ¿verdad? Vamos a ver… Nada me extrañaría que hubiese entrado en el bar a echar un trago.

—¿*Entró* usted en el bar a echar un trago?

—Ahí está la cosa. Sí que eché un trago. Sólo que no creo que fuera entonces. Tengo la idea de que anduve vagando por ahí, ¿sabe? Tomando el aire. Para estar en septiembre hacía bastante bochorno. Se estaba muy bien allá fuera. Sí, eso es. Anduve paseando por ahí un rato, luego entré a echar un trago, y después volví al salón de baile. Poca animación. Noté que…, ¿cómo se llama…? Josie, ¿verdad?, estaba bailando otra vez. Con el del tenis. Había estado dada de baja… un tobillo torcido o no sé qué…

—Con eso queda fijada la hora de su regreso. Lo hizo a medianoche. ¿Es su intención hacernos creer que se pasó más de una hora paseando afuera?

—Verá… eché un trago, ¿sabe? Estuve… bueno, estuve pensando en cosas.

Esta declaración fue recibida con mayor incredulidad que las otras.

El coronel Melchett inquirió vivamente:

—¿En qué estuvo pensando usted?

—Oh, no sé. En cosas —respondió vagamente el joven.

—¿Tiene usted coche, míster Barlett?

—Sí, tengo coche.

—¿Dónde estaba? ¿En el garaje del hotel?

—No; estaba en el patio, si quiere que le diga la verdad. Pensé que tal vez se me ocurriría dar una vuelta, ¿comprende?

—¿Y quizás iría a darla?

—No... no fui. Le juro que no.

—¿No se llevaría usted a miss Keene a dar una vuelta, por ejemplo?

—Eh, oiga, escuche..., ¿qué quiere decir con eso? No la llevé... Le juro que no la llevé. De veras.

—Gracias, míster Barlett. No creo que tengamos que preguntarle nada más de momento. *De momento* —repitió el coronel dando énfasis a estas dos palabras.

Dejaron a míster Barlett con cómica expresión de alarma en su nada intelectual semblante.

—¡Imbécil sin seso! —murmuró el coronel—. O..., ¿lo será de verdad?

El superintendente sacudió la cabeza.

—Nos queda mucho camino por recorrer —dijo.

Capítulo VI

I

Ni el conserje de noche ni el dependiente del bar resultaron de gran ayuda. El conserje recordaba haber telefoneado al cuarto de miss Ruby Keene poco antes de medianoche sin obtener respuesta. No se había fijado en si míster Barlett entraba o salía del hotel. Muchos señores y señoritas habían entrado y salido porque la noche era hermosa. Y había puertas laterales en el corredor aparte de la del vestíbulo principal. Estaba bastante seguro de que miss Keene no había salido por la puerta principal; pero, si había bajado de su cuarto, que estaba en el primer piso, había una escalera al lado mismo de la habitación y una puerta al final del pasillo que conducía a la terraza lateral. Hubiera podido salir fácilmente por allí sin ser vista. No se cerraba con llave hasta terminar el baile, a las dos de la madrugada.

El dependiente recordaba que míster Barlett había estado en el bar la noche anterior, pero no podía asegurar a qué hora. A media noche en su opinión. Míster Barlett se había sentado junto a la pared con cara de tristeza. No sabía cuánto tiempo había estado allí. Había habido mucho trasiego de gente de la calle y del mismo hotel. Se había fijado en míster Barlett, pero no podía dar idea exacta de la hora en modo alguno.

II

Cuando salían del bar, les abordó un niño de unos nueve años de edad. Rompió a hablar muy de prisa, excitado.

—Oigan, ¿son ustedes detectives? Yo soy Peter Carmody. Fue mi abuelo míster Jefferson el que telefoneó a la policía lo de Ruby. ¿Son de Scotland Yard? No les importará que yo les hable, ¿verdad?

El coronel Melchett parecía a punto de contestar con brusquedad; pero el superintendente Harper intervino. Habló con benignidad y cordialmente.

—No te preocupes, muchacho. Te interesa, naturalmente, ¿verdad?

—Ya lo creo que sí. ¿Le gustan las novelas policíacas? A mí, sí. Las leo todas. Y tengo el autógrafo de Dorothy Sayers, y de Agatha Christie, y de Dickinson Carr, y de H.C. Bailey. ¿Se publicará el asesinato en los periódicos?

—Ya lo creo que se publicará en los periódicos —respondió ceñudo el superintendente.

—Es que voy a volver al colegio la semana que viene, ¿sabe...? y les diré a todos que yo la conocía... que la conocía de verdad *muy bien.*

—¿Qué opinabas de ella, eh?

Peter lo pensó.

—Pues, verá; no me era muy simpática. Yo creo que era una muchacha bastante estúpida. Mamá y tío Mark tampoco sentían por ella mucha simpatía. Sólo el abuelo. Y a propósito: mi abuelo quiere verles. Edwards les anda buscando.

Harper murmuró animador:

—¿Conque tu mamá y tu tío Mark no le tenían mucha simpatía a Ruby Keene? ¿Por qué?

—Oh, no lo sé. Siempre andaba entrometiéndose. No les gustaba que el abuelo se preocupara tanto por ella y tuviese tantas atenciones. Supongo —agregó Peter simpáticamente— que se alegrarán de que haya muerto.

Harper le miró pensativo. Preguntó:

—¿Les oíste tú... eh... decir eso?

—Eso exactamente, no. Tío Mark dijo: «Bueno, por lo menos, ésa es una solución.» Mamá dijo: «Sí, pero una solución horrible.» Tío Mark dijo que no había por qué ser hipócritas.

Los hombres se miraron. En aquel instante se acercó a ellos un hombre afeitado, bien vestido, con traje azul.

—Perdonen, señores. Soy el ayuda de cámara de míster Jefferson. Está despierto ya y me ha mandado en busca de ustedes porque tiene muchas ganas de verles.

Volvieron a subir a la serie de habitaciones de Conway Jefferson. En la sala Adelaide Jefferson hablaba con un hombre alto, inquieto, que se paseaba nervioso por el cuarto. Se volvió bruscamente para ver a los recién llegados.

—Ah, sí. Me alegro de que hayan venido. Mi suegro ha estado preguntando por ustedes. Está despierto ahora. Procuren mantenerle tan tranquilo como sea posible. No goza de muy buena salud. Es un milagro, en realidad, que esta impresión no le haya mandado al otro barrio.

Harper dijo:

—No tenía yo idea de que anduviera tan mal de salud como todo eso.

—Ni él mismo lo sabe —contestó Mark Gaskell—. Padece del corazón. El médico advirtió a Adelaide que no se le debía excitar ni sobresaltar demasiado. Insinuó más o menos claramente, que podría alcanzarle la muerte en cualquier momento. ¿Verdad, Adi?

Mistress Jefferson asintió con la cabeza. Dijo:

—Es increíble que haya logrado reponerse de la manera que lo ha hecho.

Melchett respondió con sequedad:

—El asesinato no es precisamente un incidente apaciguador. Tendremos todo el cuidado que nos sea posible.

Mientras hablaba había estado estudiando a Mark Gaskell. No le encontró muy simpático. Un rostro osado, sin escrúpulos, como el de un halcón. Uno de esos hombres que suelen salirse con la suya y a quienes las mujeres admiran.

«Pero no es la clase de hombre de quien yo me fiaría», pensó el coronel.

«Sin escrúpulos, he aquí la descripción exacta.»

La clase de hombre capaz de todo…

III

En la alcoba que daba al mar, Conway Jefferson estaba sentado en un sillón de ruedas, junto a la ventana.

Tan pronto como se hallaba uno en el cuarto con él, se daba cuenta del poder y magnetismo de aquel hombre. Era como si las heridas que le habían convertido en inválido hubieran dado por resultado concentrar la vitalidad del destrozado cuerpo en un foco más pequeño e intenso.

Tenía una hermosa cabeza, levemente canosa la roja cabellera. El rostro era áspero y potente, muy atezado, y los ojos de un azul sorprendente. No se observaba en él huella alguna de enfermedad ni debilidad. Las profundas arrugas que surcaban su semblante eran huellas de sufrimiento, mas no de debilidad. Aquél era un hombre que jamás despotricaría contra la suerte, sino que la aceptaría y seguiría adelante hasta la victoria.

Dijo:

—Me alegro de que hayan venido.

Su rápida mirada les examinó. Le dijo a Melchett:

—¿Usted es el jefe de policía de Radfordshire? Bien. ¿Y usted el superintendente Harper? Siéntense. Hay cigarrillos sobre la mesa.

Le dieron las gracias y se sentaron. Melchett dijo:

—Tengo entendido, míster Jefferson, que tenía usted interés por la difunta.

Una rápida y retorcida sonrisa cruzó el arrugado rostro del anciano.

—Sí... ¡todos le habrán dicho eso! Bien; no es un secreto. ¿Qué le ha contado mi familia?

Miró rápidamente de uno a otro al hacer la pregunta.

Fue Melchett quien respondió.

—Mistress Jefferson nos dijo muy poca cosa fuera de que la charla de la muchacha le divertía a usted y que era una especie de protegida suya. Sólo hemos hablado media docena de palabras con míster Gaskell.

Conway Jefferson sonrió.

—Adi es una mujer muy discreta, bendita sea. Mark probablemente hubiese hablado con mayor claridad. Creo, Melchett, que será mejor que le cuente algunas cosas detalladamente. Es importante para que comprenda usted mi actitud. Y para empezar, es necesario que haga historia, volviendo a la gran tragedia de mi vida. Hace ocho años, perdí a mi mujer, a mi hijo y a mi hija en un accidente de aviación. Desde entonces he sido como un hombre que ha perdido la mitad de sí mismo... y no me refiero a mi estado físico, por cierto. Yo era hombre muy casero, muy amante de mi familia. Mi nuera y mi yerno han sido buenos conmigo. Han hecho todo lo posible por ocupar los lugares que dejaron vacantes los de mi propia sangre. Pero me he dado cuenta, sobre todo en estos últimos tiempos, de que tienen, después de todo, sus propias vidas que vivir.

»Conque ha de comprender que esencialmente soy un hombre solo. Me gustan los jóvenes. Disfruto en su compañía. Una o dos veces he llegado a pensar en adoptar a algún muchacho o alguna muchacha. Durante el pasado mes me hice muy amigo de la criatura que ha muerto. Era natural... tan ingenua... Charlaba y charlaba de su vida y de su experiencia..., del teatro, de sus viajes con algunos cómicos de la legua, de su vida con papá y mamá cuando era niña, en pensiones baratas. ¡Una vida tan distinta a la que yo he conocido! Sin quejarse jamás; sin encontrarla nunca miserable. Una muchacha natural, resignada trabajadora, sin mancilla y encantadora. No una señora quizá; pero a Dios gracias, no era ordinaria ni tampoco "una dama".

»Cada día le cobré más afecto a Ruby, y decidí, señores, adoptarla legalmente. Se convertiría, según la ley, en hija mía. Espero que eso explicará lo mucho que me preocupaba por ella y los pasos que di en cuanto me enteré de su inexplicable desaparición.

Hubo una pausa. Luego el superintendente Harper, cuya voz exenta de emoción quitaba a la pregunta toda posibilidad de ofender, inquirió:

—¿Me es lícito preguntar qué dijeron a eso su nuera y su yerno?

Jefferson respondió rápidamente:

—¿Qué podían decir? No les gustaría mucho, quizás. Es la clase de cosa que despierta prejuicios. Pero se portaron muy bien… sí, muy bien. No es como si dependieran de mí, como ustedes comprenderán. Cuando mi hijo Frank se casó, le doné inmediatamente la mitad de mi fortuna. Soy partidario de eso. No hay que dejar que los hijos aguarden a que uno haya muerto. Quieren el dinero cuando son jóvenes, no cuando han llegado a la edad madura. De igual manera, cuando mi hija Rosamund se empeñó en casarse con un hombre pobre, le asigné una importante cantidad de dinero, que pasó a manos del marido al morir ella. Conque, como verán ustedes, eso simplificaba el asunto desde el punto de vista económico.

—Comprendo, míster Jefferson —dijo el superintendente.

Se notaba, no obstante, cierta reserva en su tono. Conway Jefferson no la pasó por alto.

—Pero no está usted de acuerdo, ¿eh?

—No soy quien yo para decirlo, míster Jefferson; pero sé por experiencia que las familias no siempre proceden razonablemente.

—Es posible que tenga usted razón, superintendente; pero ha de recordar que míster Gaskell y mistress Jefferson no son en rigor familia mía. No nos unen lazos de sangre.

—Eso, claro, es muy distinto —reconoció Harper.

Durante unos minutos bailó la risa en los ojos de Conway Jefferson.

Dijo:

—¡Eso no quiere decir que no me creyeran un viejo imbécil! Ésa sería la reacción de la mayoría de las personas. Pero no estaba siendo imbécil. Soy buen psicólogo. Con un poco de educación y refinamiento, Ruby Keene hubiera podido ocupar un lugar en cualquier parte.

Melchett dijo:

—Me temo que estamos siendo algo impertinentes y curiosos; pero es importante que conozcamos todos los hechos. ¿Tenía la intención de cuidar del porvenir de la muchacha... es decir, asignarle una cantidad, pero no lo había hecho aún?

Jefferson respondió:

—Comprendo adónde quiere usted ir a parar... la posibilidad de que alguien saliera beneficiado con la muerte de la muchacha. Pero nadie hubiera salido beneficiado. Las formalidades necesarias para adoptarla legalmente habían sido iniciadas, pero no estaban terminadas aún.

Melchett habló lentamente:

—Así, pues, ¿si a usted le sucediera algo...?

Dejó la frase sin completar. Conway Jefferson respondió enseguida.

—¡No es fácil que me suceda a mí nada! Estoy impedido, pero no soy, en rigor, un inválido. Aun cuando, a los médicos les guste poner la cara muy larga y aconsejar que no cometa excesos... ¡Cometer excesos! ¡Soy más fuerte que un caballo! No obstante, no desconozco las fatalidades de la vida... ¡Dios Santo! ¡Razón tengo para conocerlas! El hombre más sano puede morir de repente, sobre todo en estos tiempos de accidentes en las carreteras. Pero he previsto ese caso. Hice un testamento hace diez días.

—¿Sí?

El superintendente se inclinó hacia adelante.

—Dejé la cantidad de cincuenta mil libras esterlinas en fideicomiso para Ruby Keene hasta que cumpliera los veinticinco años, edad a la que debía serle entregado el capital.

El superintendente se inclinó hacia adelante.

Lo mismo hizo el coronel Melchett. Harper dijo casi con severidad:

—Ésa es una cantidad muy grande, míster Jefferson.

—En estos tiempos, sí que lo es.

—¿Y se la legaba usted a una muchacha a la que sólo había conocido hacía algunas semanas?

Brilló la ira en sus ojos de vívido azul.

—¿Es preciso que repita tanto las cosas? No tengo familia alguna mía... ni sobrinos, ni sobrinas, ni primos lejanos siquiera. Hubiera podido dejárselo a la beneficencia. Prefiero legárselo a un individuo —rió—. ¡La Cenicienta convertida en princesa en una noche! ¡Un padrino en lugar de un hada madrina! ¿Por qué no? El dinero es mío. Lo gané yo.

—¿Había algún otro legado?

—Uno pequeño para mi ayuda de cámara Edwards... y el resto a Mark y a Adi por partes iguales.

—¿Ascendería a mucho, y perdone, ese resto?

—Probablemente, no. Es difícil decirlo con exactitud, ya que los valores sufren alzas y bajas. La cantidad que representaría, después de pagar derechos sucesorios y otras minucias, sería probablemente entre cinco mil y diez mil libras esterlinas.

—Ya...

—Y no vaya usted a creer que les trataba mal. Como dije, hice un reparto de mis bienes al casarse mis hijos. Me quedé para mí, en realidad, una cantidad muy pequeña. Pero después... después de la tragedia, necesitaba algo para distraerme la imaginación. Me lancé a los negocios. En mi casa de Londres hice instalar una línea particular poniendo en comunicación mi alcoba con mi despacho. Trabajé con tesón... me ayudaba a no pensar y me hizo adquirir el convencimiento de que mi... mi mutilación no me había vencido. Me apliqué al trabajo —su voz se hizo más profunda. Hablaba más para sí que para su auditorio—; y por Dios sabe qué sutil ironía, todo lo que hice me salió bien. Las especulaciones más arriesgadas tenían éxito. Si jugaba me sonreía la fortuna. Todo lo que yo tocaba se convertía en oro. Supongo que ése fue el irónico sistema escogido por la fatalidad para restablecer el equilibrio.

Los surcos de los sufrimientos volvieron a marcarse en su semblante.

—Conque, como verán, la cantidad de dinero que le legaba a Ruby era indisputablemente mía y podía disponer de ella a mi antojo.

Melchett se apresuró a decir:

—Indudablemente, amigo mío. Eso no lo discutimos ni un solo instante.

Conway Jefferson dijo:

—Me alegro. Ahora quiero hacer yo algunas preguntas a mi vez, si me permite. Quiero saber... más acerca de este terrible asunto. Lo único que sé es que ella... que la pequeña Ruby fue hallada estrangulada en una casa a unos treinta kilómetros de distancia de aquí.

—Exacto. En Gossington Hall.

Jefferson frunció el entrecejo.

—¿Gossington? Pero si ésa...

—Es la casa del coronel Bantry.

—¡Bantry! ¿*Arthur Bantry*? Pero ¡si yo le conozco! ¡A él y a su esposa! Los conocí en el extranjero, hace años. No me daba cuenta de que vivían en esta parte del mundo. Pero si...

Se interrumpió. Harper dijo con voz serena:

—El coronel Bantry estuvo cenando aquí el martes de la semana pasada. ¿No lo vio usted?

—¿El martes? ¿El martes? No; regresamos tarde. Fuimos a Harden Head y cenamos por el camino al volver.

Preguntó Melchett:

—¿No le habló Ruby Keene de los Bantry?

Jefferson negó con la cabeza.

—Jamás. No creo que los conociera. Estoy seguro de que no les conocía. No conocía a nadie más que a gente de teatro y personas así.

Hizo una pausa y luego preguntó bruscamente:

—¿Qué dice Bantry del asunto?

—No se lo explica. Asistió a una reunión de conservadores anoche. El cadáver fue descubierto esta mañana. Dice que en su vida había visto a la muchacha.

Jefferson movió afirmativamente la cabeza.

—En verdad que parece fantástico.

Harper carraspeó.

—¿Tiene usted la menor idea de quién puede haber sido el culpable?

—¡Santo Dios! ¡Ojalá la tuviese! —Se le hincharon las venas de la frente—. ¡Es increíble, inimaginable! ¡Yo hubiera dicho que no podía suceder, de no haber sucedido!

—¿No tenía la muchacha ningún amigo... del pasado... ninguno que la rondara... o la amenazase?

—Estoy seguro de que no. Me lo hubiera dicho. Nunca tuvo novio. Me lo confesó ella misma.

El superintendente pensó:

«Sí; a ti te diría eso, no lo dudo. Pero, ¡habría que verlo!»

Conway Jefferson prosiguió:

—Josie sabría mejor que nadie si alguno la había rondado o molestado. ¿No puede ella ayudarles en su delicada labor?

—Dice que no.

Jefferson frunció el entrecejo.

—No puedo menos de creer —aseguró— que el crimen ese sea obra de un loco. La brutalidad del método empleado... el que se haya forzado la entrada de una casa de campo... todo el asunto es tan descabellado y sin sentido... Hay hombres así... hombres que parecen completamente cuerdos, pero que atraen con añagazas a muchachas... a veces niños... para quitarles la vida después. Supongo que son crímenes de origen sexual en realidad.

Dijo Harper:

—Ah, sí. Tales casos se dan; pero no tenemos noticias de que ande operando por los alrededores ningún maniaco de ésos.

Jefferson continuó:

—He estado pasando revista a los distintos hombres a quienes he visto en compañía de Ruby. Hombres alojados aquí y gente de fuera... hombres con los que ella había bailado. Todos ellos parecen bastante inofensivos... gente corriente. No tenía ningún amigo especial.

El rostro de Harper permaneció impasible, pero seguía notándose en sus ojos un brillo extraño, que Conway Jefferson no observó.

Era muy posible, pensó, que Ruby Keene hubiese tenido un amigo íntimo aun cuando Conway Jefferson no tuviese conocimiento de ello.

Nada dijo, sin embargo. El jefe de la policía le dirigió una mirada interrogadora y luego se puso en pie.

—Gracias, míster Jefferson. Eso es cuanto necesitamos de momento.

Jefferson inquirió:

—¿Me tendrán al corriente de los progresos que realicen ustedes?

—Sí, sí; permaneceremos en contacto con usted.

Los dos hombres salieron.

Conway Jefferson se recostó luego en su asiento.

Cayeron sus párpados velando el feroz azul de sus ojos. Pareció de pronto un hombre muy cansado.

Luego, al cabo de breves instantes, llamó:

—¿Edwards?

El ayuda de cámara salió inmediatamente del cuarto contiguo. Edwards conocía a su amo como nadie. Otros, aun los más allegados, sólo conocían su fuerza. Edwards conocía su debilidad. Había visto a Conway Jefferson cansado, desanimado, hastiado de la vida, derrotado momentáneamente por la aflicción y la soledad.

—¿Señor?

Dijo Jefferson:

—Póngase en comunicación con sir Henry Clithering. Se encuentra en Melbourne Abbas. Dígale de mi parte que venga aquí hoy si le es posible en lugar de mañana. Dígale que es urgente.

Capítulo VII

I

Cuando se hallaron fuera de la habitación de Jefferson, el superintendente dijo:

—Bueno; ya tenemos un móvil.

—¡Hum! —murmuró Melchett—. Cincuenta mil libras esterlinas, ¿eh?

—Sí, señor. Se han cometido asesinatos por mucho menos que eso.

—Sí; pero...

El coronel dejó sin terminar la frase. Harper, sin embargo, le comprendió.

—¿No lo cree usted probable en este caso? Tampoco yo, si a eso viene. Pero hay que investigarlo no obstante.

—¡Oh, naturalmente!

—Si, tal como dice míster Jefferson, míster Gaskell y mistress Jefferson tienen cubiertas sus necesidades y perciben una buena renta, no es probable que se metieran a cometer un asesinato tan brutal —alegó Harper.

—En efecto. Será preciso investigar su situación económica, claro está. No puedo decir que me guste mucho el aspecto de Gaskell... Parece un hombre astuto y falto de escrúpulos..., pero de eso a que cometa un asesinato hay mucha distancia.

—Sí, sí, claro; como digo, no creo probable que el culpable sea ninguno de los dos. Y por lo que nos dijo Josie, no veo yo cómo hubiera sido humanamente posible que cometieran el crimen. Ambos estuvieron jugando al bridge desde las once menos veinte hasta medianoche. No; en mi opinión hay otra posibilidad más admisible.

Melchett dijo:

—¿Un pretendiente de Ruby Keene?

—Justo. Algún joven disgustado... no muy bien de la cabeza quizás. Alguien, diría yo, a quien conocía antes de venir aquí. Ese plan de adopción, si llegó a sus oídos, acabaría trastornándole por completo. Vio que iba a perderla, que la iban a trasladar a una esfera completamente distinta, y se volvió loco y ciego de rabia. Consiguió que saliera a encontrarse con él anoche, regañó con ella, perdió la cabeza y le quitó la vida.

—¿Y cómo fue a parar a la biblioteca de Bantry?

—Creo que eso es factible. Se hallaba fuera, en su coche, por entonces, pongo por ejemplo. Recobró la cordura, se dio cuenta de lo que había hecho y su primer pensamiento fue buscar la manera de deshacerse del cadáver. Supongamos que se hallaran cerca de la verja de alguna casa grande en aquellos momentos. Se le ocurrió una idea: si la encontraran allí, toda la investigación giraría en torno de la casa y jamás se le relacionaría a él con el asunto. Ruby abultaba y pesaba poco. No le costaría trabajo cargar con ella. Tenía un formón en el automóvil. Abrió con su ayuda una ventana y dejó el cadáver sobre la alfombra delante del fuego. Tratándose de una estrangulación, no había manchas de sangre en el coche que pudieran comprometerle. ¿Comprende lo que quiero decir?

—Perfectamente, Harper. Todo ello es muy posible. Pero aún queda una cosa por hacer. *Cherchez l'homme.*

—¿Cómo, cómo? Ah, muy bien.

El superintendente Harper aplaudió con exquisito tacto el chiste de su superior, aunque, debido a la excelencia del acento francés del coronel, casi se le pasó por alto el significado de las palabras.

II

—Oh… ah… oigan… ah…, ¿po… podría hablar con ustedes unos instantes?

Era George Barlett quien había salido al paso de los dos hombres.

El coronel Melchett, a quien míster Barlett resultaba muy poco atractivo y que tenía vivos deseos de saber cómo le había ido a Slack en el registro del cuarto de la muchacha y en el interrogatorio de las doncellas, preguntó con brusquedad:

—Bien. ¿Qué desea…? ¿Qué desea?

Míster Barlett retrocedió un par de pasos abriendo y cerrando la boca, imitando inconscientemente las muecas de un pez encerrado en un acuario.

—Pues… ah… probablemente no será importante, ¿sabe? Se me ocurrió que debía decírselo. Si quiere que le diga la verdad, no puedo encontrar mi coche.

—¿Cómo que no puede encontrar su coche?

Tartamudeando mucho, míster Barlett explicó que lo que quería decir era que no podía encontrar su coche.

Preguntó el superintendente:

—¿Quiere decir con eso que se lo han robado?

George Barlett se volvió, agradecido, hacia la voz más plácida de Harper.

—Pues ahí está precisamente, ¿sabe? Quiero decir… cualquiera sabe, ¿verdad…? Quiero decir… a lo mejor se ha largado alguien en él sin malas intenciones, si usted me comprende.

—¿Cuándo lo vio usted por última vez?

—Pues verá… eso estaba intentando recordar… Tiene gracia lo difícil que resulta recordar las cosas, ¿verdad?

Melchett aseguró con frialdad:

—No resulta difícil, creo yo, para las personas de inteligencia normal. Entendí que me había dicho hace poco que el coche estaba en el patio del hotel anoche…

Míster Barlett fue lo bastante osado para interrumpir:

—Ahí está precisamente… ¿Estaba?

—¿Cómo que si estaba? Usted mismo dijo que sí. ¿No lo recuerda?

—Verá… quise decir que creía que estaba. Quiero decir… bueno, yo no me asomé a mirarlo, ¿comprende?

El coronel Melchett exhaló un suspiro. Apeló a toda su paciencia.

—Vamos a poner esto en claro de una vez. ¿Cuándo fue la última vez que vio usted… que lo vio con sus propios ojos, comprende… al coche? Y, a propósito, ¿de qué marca es?

—Un Minoan 14.

—Y lo vio usted por última vez… ¿cuándo?

La nuez de George Barlett bailó convulsivamente arriba y abajo de su garganta.

—He estado intentando pensar. Lo tuve antes de comer ayer. Pensaba dar un paseo en él por la tarde. Pero, sin saber por qué… ya sabe usted lo que ocurre… me quedé dormido. Luego, después del té, jugué un poco al tenis y todo eso y me di un baño a continuación.

—¿Y el coche estaba entonces en el patio del hotel?

—Supongo que sí. Es decir… ahí era donde lo había dejado

yo. Se me había ocurrido, ¿sabe?, llevarme a alguien a dar un paseo. Después de cenar, quiero decir. Pero no era mi noche de suerte. No hubo nada que hacer. No saqué el cacharro de paseo después de todo.

Harper dijo:

—Pero, que usted supiera, ¿el coche seguía en el patio?

—Pues claro, naturalmente. Quiero decir... yo lo había dejado allí, ¿sabe?

—¿Se hubiera usted dado cuenta si no hubiese estado allí?

Míster Barlett negó con la cabeza.

—No lo creo, ¿sabe? Entraban y salían la mar de coches y todo eso... Coches Minoan a montones.

El superintendente asintió con la cabeza. Acababa de echar una mirada casual por la ventana. En aquel momento había por lo menos ocho Minoan 14 en el patio; era el coche barato popular del año.

—¿No tiene usted la costumbre de guardar el automóvil por la noche? —quiso saber el coronel.

—No suelo molestarme. Buen tiempo y todo eso, ¿sabe? ¡Cansa tanto meter un coche en el garaje!

El superintendente miró al coronel y dijo:

—Ya iré a reunirme con usted arriba, jefe. Voy a ver si encuentro al sargento Higgins para que se encargue de anotar los pormenores que le dé míster Barlett.

—¡Bien, Harper!

Míster Barlett murmuró con ansiedad:

—Pensé que era mi deber decírselo, ¿sabe? Pudiera ser importante, ¿no?

III

Míster Prescott había proporcionado a su bailarina suplente cama y comida. Fuese lo que fuere la manutención, el cuarto era el más pobre que poseía el hotel.

Josephine Turner y Ruby Keene habían ocupado habitaciones en el fondo de un oscuro y miserable pasillo. Las habitaciones eran pequeñas, daban al norte, hacia una parte del acantilado situado detrás del hotel y estaban guarnecidas con restos de muebles que treinta años antes habían representado lujo y magnificencia en las mejores habitaciones. Ahora que el hotel había sido modernizado y las alcobas equipadas con roperos incrustados en la pared, los enormes armarios ochocentistas de roble y caoba habían sido transferidos a los cuartos ocupados por la servidumbre o alquilados a los huéspedes en plena estación veraniega cuando todas las demás habitaciones del hotel estaban ocupadas.

Como vio Melchett enseguida, la posición del cuarto de Ruby Keene era ideal para salir del hotel sin ser vista y desgraciada a más no poder desde el punto de vista de arrojar luz sobre las circunstancias de la salida.

Al final del corredor había una escalera pequeña que conducía a un corredor igualmente oscuro de la planta baja. Allí había una puerta de cristales que daba a la terraza lateral del hotel, una terraza sin vistas y poco frecuentada. Se podía pasar de ella a la terraza principal de delante, o se podía bajar por un sendero serpenteante y salir a un camino que acababa desembocando más allá, en la carretera del acantilado. Como su superficie era mala, rara vez se usaba.

El inspector Slack había estado muy ocupado acosando a las doncellas y examinando el cuarto de Ruby en busca de indicios. Había tenido la suerte de hallar el cuarto tal como la muchacha lo dejara la noche antes.

Ruby no había tenido la costumbre de madrugar. Su proceder normal, según descubrió Slack, era dormir hasta las diez o diez y media, y luego tocar el timbre para que le subieran el desayuno. Por consiguiente, como Conway Jefferson había ido a protestar a la gerencia muy temprano, la policía se había hecho cargo antes de que las doncellas hubiesen tocado la habitación. No habían llegado a bajar por el pasillo siquiera. Las otras habitaciones que allí había sólo se abrían para quitar el polvo una vez a la semana en aquella época del año.

—Todo eso es una ventaja hasta donde llega —explicó Slack con melancolía—. Significa que, si *hubiera* algo que encontrar, lo encontraríamos; pero no hay nada.

La policía de Glenshire había examinado ya el cuarto en busca de huellas dactilares; pero no habían hallado ninguna que no fuese posible de ser explicada. Las de Ruby, las de Josie y las de las doncellas, una del turno de la mañana y otra del turno de la noche. También fueron halladas algunas huellas de Raymond Starr; pero su presencia ya la había justificado él al no presentarse ésta a medianoche para el baile.

Había habido un montón de papeluchos en las gavetas de la

mesa de caoba maciza del rincón. Slack acababa de clasificarlos cuidadosamente. Pero no había encontrado nada sugestivo. Facturas, recibos, programas de teatro, recortes de periódico, matrices de taquillaje, consejos de belleza arrancados de revistas... Entre las cartas había algunas de Lil, una amiga del *Palais de la Danse* al parecer, en la que ésta comentaba las habladurías del salón de baile y decía que allí echaban mucho de menos a Ruby. «Míster Findelson pregunta por ti con frecuencia. ¡Está la mar de disgustado! El joven Reg hace la corte a Mary ahora que te has marchado tú. Bantry pregunta por ti de vez en cuando. Las cosas marchan poco más o menos como de costumbre. El viejo gruñón sigue siendo tan roñoso como siempre con nosotras. Le soltó una bronca a Ada porque salía con un muchacho».

Slack había anotado minuciosamente todos los nombres mencionados. Se harían indagaciones, y era posible que saliera a la luz la información útil. El coronel Melchett asintió a esto. Igualmente hizo el superintendente Harper, que se había reunido con ellos. Fuera de eso poco había en el cuarto que pudiera proporcionar informes.

Echado sobre una silla en el centro del cuarto, estaba el espumoso vestido de baile rosado que usara Ruby a primera hora de la noche anterior, y unos zapatos de raso color de rosa y tacón alto caídos de cualquier manera en el suelo. Unas medias de seda pura habían sido tiradas al suelo hechas una bola. Una de ellas tenía una carrera. Melchett recordó que el cadáver llevaba desnudas las piernas. Esto, según había descubierto Slack, era costumbre de Ruby. Solía pintarse las piernas en lugar de ponerse medias y sólo usaba éstas alguna vez para bailar. Así ahorraba gastos. La puerta del armario estaba abierta, permitiendo ver varios chillones trajes de noche, así como una hilera de zapatos debajo. Había ropa interior sucia en un cesto; recortes de uñas, algodón especial de limpiar la cara, sucio, y otros trozos manchados de colorete y esmalte de uñas en el cesto de los papeles; total, nada fuera de lo corriente. Los hechos parecían fáciles de deducir. Ruby Keene había subido apresuradamente, habíase cambiado de ropa y luego salió a la calle...

Josephine Turner, que era de esperar que conociese casi toda la vida y la mayor parte de las amistades de Ruby, no había podido ayudarles. Pero esto, como indicó el inspector, podía ser natural.

—Si lo que usted me dice es verdad, jefe, en lo que se refiere a la adopción quiero decir, Josie sería partidaria de que Ruby rompiera con cuantos amigos pudiera tener para que no le estropeasen la combinación, como quien dice. Según yo lo veo, ese caballero inválido se entusiasma con Ruby Keene, creyéndola dulce, inocente e infantil. Supongamos ahora que Ruby tiene un amigo de armas tomar; eso no irá bien con el viejo. Josie no sabe gran cosa de la muchacha después de todo, no en lo que se refiere a sus amistades y todo eso. Pero hay una cosa que ella no consentiría de ninguna manera: que Ruby lo echara todo a perder manteniendo relaciones con un perdulario. Conque es lógico suponer que Ruby (¡buena pieza estaba hecha en mi opinión!) guardaría muy bien guardado el secreto de sus entrevistas con cualquier amigo de antaño. No le diría una palabra de ello a Josie para que ésta no le dijera: «Eso sí que no, amiguita.» Pero ya sabe usted lo que son las muchachas, sobre todo las jóvenes. Siempre están dispuestas a hacer una tontería por un hombre de los que ellas llaman «muy machos». Ruby quiere verle. Él baja aquí, se enfurece por lo de la adopción, y le retuerce el pescuezo a la muchacha.

—Supongo que tiene usted razón, Slack —dijo el coronel, disimulando la repugnancia que siempre le causaba la desagradable manera de explicar las cosas de Slack—. En tal caso, debiéramos poder averiguar la identidad del amigo ese sin gran dificultad.

—Déjelo usted de mi cuenta —dijo Slack con su confianza habitual—. Le echaré el guante a la Lil esa del *Palais de la Danse* y la volveré del revés. Pronto daremos con la verdad.

El coronel se preguntó si, en efecto, lo lograrían. La energía y actividad de Slack le hacían sentirse cansado.

—Hay otra persona que a lo mejor puede proporcionar algún dato, jefe —prosiguió el inspector—; ese profesional del tenis y del baile. Tiene que haberla visto mucho, y sabría más que Josie. Es posible que se le soltara un poco la lengua a Ruby hablando con él.

—Ya he discutido ese punto con el superintendente Harper.

—Mejor, jefe. Yo he dado un repaso bastante completo a las camareras. No saben una palabra. Miraban con desprecio a la pareja por lo que deduzco. Descuidaban el servicio todo lo que se atrevían. La camarera estuvo aquí la última vez a las siete anoche, hora en que hizo la cama, corrió las cortinas y limpió un poco. Hay un cuarto de baño al lado si quiere usted verlo.

El cuarto de baño se hallaba entre la habitación de Ruby y otra, un poco mayor, ocupada por Josie. No derramó luz alguna sobre el asunto. El coronel se maravilló en silencio ante la cantidad de productos de belleza que una mujer era capaz de usar. Hileras de tarros de cremas para el cutis, cremas para limpiar, cremas nutritivas para la piel, cajas de polvos de distintos matices... Una desordenada pila de barritas de carmín de todas clases. Lociones del cabello y brillantinas. Lápices para las cejas; por lo menos, una docena de matices distintos de esmalte para las uñas, tejidos para limpiar la cara; algodón, borlas sucias para dar polvos. Botellas de lociones, astringentes, tónicas, etcétera.

—Pero, ¿es posible —murmuró con voz débil— que las mujeres usen todas esas cosas?

El inspector Slack, que siempre lo sabía todo, le explicó bondadosamente:

—En la vida privada, como quien dice, jefe, una dama adquiere uno o dos matices distintos: uno para el día y otro para la noche. Saben lo que les va bien, y no se salen de ello. Pero estas profesionales tienen que dar cambiazos. Dan bailes de exhibición, y una noche les toca un tango, otra un baile ochocentista con miriñaque, la siguiente una danza apache y, luego, bailes corrientes de salón. Claro está el maquillaje no es el mismo para todos ellos.

—¡Santo Dios! —dijo el coronel—. Ya no me extraña que la gente que fabrica estas cremas y porquerías se haga rica.

—Es dinero fácil —contestó Slack—. Dinero fácil. Tienen que gastar una parte en anuncios, claro está.

Melchett desterró de su mente el fascinador y eterno problema del adorno femenino. Le dijo a Harper, que acababa de reunirse con ellos:

—Aún queda el bailarín ese. ¿Se encarga usted de él, superintendente?

—Sí, señor; supongo que sí.

Cuando bajaban la escalera, Harper preguntó:

—¿Qué le pareció el relato de Barlett?

—¿Lo de su coche? Creo, Harper, que le conviene vigilar a ese joven. Es un poco sospechosa la historia. ¿Y si hubiera sacado a pasear a Ruby en un automóvil anoche después de todo?

IV

El superintendente Harper era un hombre lento, agradable y reservado. Los casos en que la policía de los dos condados tenía que colaborar eran siempre fáciles. El coronel Melchett le inspiraba simpatía y le consideraba un jefe de policía de mucha capacidad. No obstante, se alegraba mucho de tener que encargarse de aquella entrevista él solo. No hay que hacer nunca demasiado de una vez; tal era la regla del superintendente. Un simple interrogatorio rutinario a la primera vez. Así, los interrogados experimentaban alivio y ello les predisponía a estar menos en guardia cuando se celebraba otra entrevista.

Harper conocía ya de vista a Raymond Starr. Un magnífico mocetón, alto, ágil, bien parecido, dientes muy blancos en un rostro muy atezado. Era varonil y garboso. Tenía modales amistosos y agradables, y era muy conocido en el hotel.

—Me temo que no voy a poder ayudarle gran cosa, superintendente. Conocía a Ruby muy bien, claro está. Había estado aquí más de un mes y habíamos ensayado nuestros bailes juntos y todo eso. Pero hay muy poco que decir en realidad. Era una muchacha muy atractiva, pero muy estúpida.

—Lo que más nos interesa es conocer sus amistades… sus amistades masculinas.

—Ya lo supongo. Bueno, pues yo no sé una palabra. Llevaba de remolque a unos cuantos jóvenes del hotel; pero no había ninguno en particular. Y es que claro está, la familia Jefferson la acaparaba siempre.

—Sí, la familia Jefferson. —Harper hizo una pausa y meditó. Dirigió una perspicaz mirada al joven—. ¿Qué opina usted de ese asunto, míster Starr?

Raymond preguntó fríamente:

—¿De qué asunto?

—¿Sabía usted que míster Jefferson tenía la intención de adoptar legalmente a Ruby Keene?

Esto pareció asombrar a Starr. Contrajo los labios y emitió un silbido de sorpresa.

—¡La muy pilla! Bueno, después de todo, no hay mayor loco que un loco viejo.

—Ésa es la impresión que le causa, ¿eh?

—¿Qué otra cosa puede uno decir? Si el viejo quería adoptar a alguien, ¿por qué no escogió a una muchacha de su propio nivel social?

—¿No mencionó Ruby nunca ese asunto delante de usted?

—No. Sabía que estaba contenta por algo; pero no sabía de qué se trataba.

—¿Y Josie?

—Oh, yo creo que Josie debía de saber lo que pasaba. Posiblemente sería ella quien lo proyectara todo. Josie no tiene un pelo de tonta. Tiene una buena cabeza esa muchacha.

Harper asintió. Era Josie quien había mandado llamar a Ruby Keene. Josie, sin duda, fomentaría la intimidad. No era de extrañar, así, que se hubiera llevado un disgusto al no comparecer Ruby la noche anterior y darse cuenta de que Conway Jefferson empezaba a alarmarse. Temía que todos sus planes se malograran.

Preguntó:

—¿Era Ruby capaz de guardar un secreto, lo cree usted?

—Tan bien como la mayoría. No hablaba gran cosa de sus asuntos particulares.

—¿Dijo alguna vez algo… cualquier cosa que fuera… acerca de un amigo suyo… alguien que perteneciera a su vida anterior y que iba a venir a verla aquí, o con quien hubiese tenido dificultades…? Comprenderá usted lo que quiero decir, sin duda.

—Comprendo perfectamente. Que yo sepa, no existe ninguna persona de esa clase. No la he oído decir nunca nada que lo haga suponer, por lo menos.

—Gracias, míster Starr. Y ahora, ¿tiene la amabilidad de contarme exactamente lo que sucedió anoche?

—Con mucho gusto. Ruby y yo hicimos nuestro número de baile a las diez y media…

—¿No notó usted en ella nada anormal entonces?

Raymond recapacitó.

—Creo que no. No me fijé en lo que ocurrió después. Tenía a mis propias parejas que atender. Sí que recuerdo que no estaba en el salón de baile. A medianoche aún no había comparecido. Me molesté mucho y fui a ver a Josie. Ésta estaba jugando al bridge con los Jefferson. No tenía la menor idea de dónde se encontraba Ruby y creo que lo que le dije fue una sacudida para ella. Observé que le dirigía una rápida mirada llena de ansiedad a míster Jefferson. Conseguí de la orquesta que tocara otro bailable y fui al conserje a que telefoneara al cuarto de Ruby. No se obtuvo contestación. Volví al lado de Josie. Sugirió que a lo mejor estaría dormida. Fue una sugestión estúpida en realidad, pero la había hecho para que la oyeran los Jefferson, claro está. Se levantó de la mesa y dijo que subiríamos juntos a buscarla.

—Sí, míster Starr. Y, ¿qué dijo cuando se encontró a solas con usted?

—Que yo recuerde, puso cara de furia y exclamó: «¡La muy

idiota! No puede hacer estas cosas. Echará a perder todas sus probabilidades de éxito. ¿Con quién está? ¿Lo sabes?»

»Le dije que no tenía la menor idea. La última vez que la había visto estaba bailando con Barlett. Josie dijo: "No estará con él. ¿Qué puede estar haciendo? ¿No estará con el peliculero ese, verdad?"

Harper preguntó con viveza:

—¿*Peliculero?* ¿Quién era ése?

Raymond contestó:

—No conozco su nombre. Nunca se ha alojado aquí. Es un hombre de aspecto poco usual… de cabello negro y aspecto teatral. Tiene algo que ver con la industria cinematográfica, según creo… o así lo dijo a Ruby. Vino aquí una o dos veces y bailó con Ruby después, pero no creo que ella le conociera bien ni mucho menos. Por eso quedé sorprendido al mencionarle Josie. Le dije que no creía que hubiese estado aquí esa noche. Josie dijo: «Bueno, pues tiene que haber salido con alguien. ¿Qué voy a decirles yo a los Jefferson ahora?» Le pregunté qué les importaba eso a los Jefferson, y Josie me respondió que sí que les importaba. Y dijo también que jamás se lo perdonaría a Ruby si iba y lo echaba todo a perder.

»Habíamos llegado al cuarto de Ruby para entonces. No estaba allí, claro está; pero había estado, porque el vestido que había llevado puesto estaba tirado sobre una silla. Josie se asomó al ropero y dijo que le parecía que se había puesto su viejo vestido blanco. Normalmente se hubiera puesto un vestido de terciopelo negro para nuestra danza española. Yo ya estaba bastante furioso por entonces por la manera como me había fallado Ruby. Josie hizo todo lo posible por apaciguarme y dijo que bailaría para que Prescott no se metiera con todos nosotros. Se marchó y se cambió de vestido y bailamos un tango… de estilo exagerado y muy vistoso, pero no demasiado duro, en realidad, para los tobillos. Josie fue bastante valiente… porque noté en seguida que le dolía bailar. Después de eso me pidió que la ayudara a apaciguar a los Jefferson. Dijo que era importante. Conque, claro está, hice lo que pude.

El superintendente asintió con un movimiento de cabeza.

—Gracias, míster Starr.

Para sus adentros pensó:

«¡Ya lo creo que era importante! ¡Cincuenta mil libras esterlinas!»

Observó a Raymond Starr mientras éste se alejaba. Bajó los

escalones de la terraza, recogiendo una bolsa con pelotas de jugar al tenis y una raqueta por el camino. Mistress Jefferson, con una raqueta en la mano también, se reunió con él y ambos se dirigieron juntos al campo de tenis.

—Perdone, jefe.

El sargento Higgins, casi sin aliento, se detuvo al lado de Harper.

El superintendente, al ser interrumpida la marcha de sus pensamientos con tanta brusquedad, pareció sobresaltarse.

—Acaba de llegar de Jefatura un mensaje para usted, jefe. Un labriego denunció haber visto esta mañana un resplandor como de fuego. Hace media hora encontraron un automóvil incendiado en una cantera. La Cantera de Ven... a unos tres kilómetros de aquí. Hay restos de un cuerpo carbonizado en el interior.

El semblante de Harper se congestionó.

—¿Qué rayos han venido a descargar sobre Glenshire? ¿Una epidemia de crímenes?

Y agregó:

—¿Pudieron leer el número de la matrícula?

—No, señor; pero podemos identificarlo por el número del motor. Creen que es un Minoan 14.

Capítulo VIII

I

Sir Henry Clithering, al cruzar la antesala del Majestic, apenas echó una mirada a sus ocupantes. Estaba preocupado. No obstante, como sucede a veces, notó algo inconscientemente, algo que se alojó en su subconsciencia, aguardando ocasión para manifestársele.

Sir Henry se preguntaba, al subir la escalera, qué sería lo que había motivado el urgente mensaje de su amigo. Conway Jefferson no era la clase de hombre que llamara urgentemente a nadie. Algo fuera de lo corriente debía de haber sucedido, decidió sir Henry. Jefferson no perdió tiempo andándose por las ramas. Dijo:

—Me alegro de que hayas venido. Edwards, dale de beber a sir Henry. Siéntate, hombre. No habrás oído nada, supongo. ¿No dicen nada los periódicos todavía?

Sir Henry sacudió negativamente la cabeza, despertada su curiosidad.

—¿Qué sucede?

—Un asesinato. Yo estoy complicado en el asunto. Y tus amigos los Bantry también.

—¿Arthur y Dolly Bantry? —exclamó Clithering con incredulidad.

—Sí. El cadáver fue hallado en su casa.

Jefferson relató los hechos concisamente y con claridad. Sir Henry le escuchó sin interrumpirle. Ambos hombres estaban acostumbrados a hacerse cargo de lo esencial de una cosa inmediatamente. Sir Henry, durante su época de comisario de la Policía Metropolitana, había sido famoso por su facilidad de comprensión y su rapidez de reaccionar.

—Es un caso extraordinario —contestó, cuando hubo terminado el otro—. ¿Qué crees tú que pintan los Bantry en el asunto?

—Eso es lo que me preocupa. Se me antoja, Henry, que el hecho de que yo les conozca puede tener algo que ver con el asunto. Ésa es la única relación que encuentro yo. Según tengo entendido, ninguno de los dos había visto a la muchacha antes. Eso es lo que dicen, y no hay motivo para no creerles. Es muy improbable que la conocieran. Por consiguiente, existe la posibilidad de que la muchacha fuera atraída con añagazas y que su cadáver fuera dejado con mala intención en casa de unos amigos míos.

—Me parece un poco cogido por los pelos eso.

—Es posible, sin embargo —insistió el otro.

—Sí; pero improbable. ¿Qué quieres tú que haga yo?

Conway Jefferson dijo, con amargura:

—Soy un inválido. Disimulo el hecho... me niego a enfrentarme con él... pero ahora no tengo más remedio que reconocerlo. No puedo ir de un lado para otro como quisiera, haciendo preguntas, investigando. Tengo que quedarme aquí y agradecer humildemente los trozos de información que la policía quiera servirme. Y, a propósito, ¿conoces por casualidad a Melchett, jefe de policía de Radfordshire?

—Sí; le he visto en otras ocasiones.

Algo se agitó en la mente de sir Henry. El recuerdo de un rostro y una figura que había observado, sin ver, al cruzar el salón. Una anciana erguida, cuyo rostro le era conocido. Y guardaba relación con la última vez que viera a Melchett...

—¿Quieres decir con eso que deseas que haga de detective aficionado? No es ésa mi especialidad.

Contestó Jefferson:

—Tú no eres un aficionado, ahí está la cosa.

—Ni soy profesional ya. Me he retirado.

—Eso simplifica el asunto.

—Quieres decir que si aún estuviese en Scotland Yard, no podría entrometerme, ¿no es eso? Y tienes muchísima razón.

—Tu experiencia —dijo Jefferson— te da derecho a interesarte en el asunto, y si ofrecieras cooperación de alguna clase, te la agradecerían.

Clithering dijo, lentamente:

—La ética profesional me lo permitiría, estoy de acuerdo. Pero, ¿qué es lo que quieres exactamente, Conway? ¿Averiguar quién mató a esa muchacha?

—Eso precisamente.

—¿No tienes aún la menor idea de quién puede haber sido?

—No.

Dijo sir Henry, muy despacio:

—Probablemente, no me creerás; pero tienes a una persona experta en esclarecer misterios sentada abajo, en el salón en este instante. Alguien que es más hábil en eso que yo y que, probablemente, puede conocer algunos detalles locales.

—¿De qué estás hablando?

—Abajo, en el salón, junto a la tercera columna de la izquierda, hay sentada una anciana de rostro dulce, apacible, una solterona cuya mente ha sondeado las profundidades de la iniquidad humana. Se llama miss Marple. Procede del pueblo de Saint Mary Mead, que se encuentra a tres kilómetros de Gossington; es amiga de los Bantry... y cuando de crímenes se trata, no tiene rival, Conway.

Jefferson le miró durante unos instantes, frunciendo el entrecejo.

—Estás bromeando.

—Te equivocas. Mencionaste a Melchett hace un momento. La última vez que vi a Melchett, había ocurrido una tragedia en el pueblo. Una muchacha que se había suicidado ahogándose. La policía sospechaba, con razón, que no se trataba de un suicidio, sino de un crimen. Creían saber quién era el autor. Entonces vino a verme miss Marple la mar de agitada. Tenía miedo, decía, de que fueran a ahorcar a una persona inocente. No tenía ella pruebas, pero sabía quién lo había hecho. Me entregó un pedazo de papel con un nombre escrito. Y ¡vive Dios, Jefferson, que tenía razón!

Conway Jefferson frunció aún más el entrecejo. Gruñó, con incredulidad:

—Intuición femenina, supongo.

Y era escéptico su tono.

—No; ella no lo llama así. Pretende que se trata de conocimientos especializados.

—¿Y qué significa eso?

—Nosotros también usamos eso en la policía, Jefferson. Se comete un robo y generalmente tenemos una idea bastante exacta de quién ha sido el autor... si pertenece a los delincuentes profesionales, claro está. Sabemos qué clase de ladrón obra de una manera determinada. Miss Marple posee una serie interesante, aunque ocasionalmente trivial, de sucesos paralelos; paralelos los llama ella, y nosotros podríamos llamarlos semejanzas, sacadas de la vida rural.

Jefferson inquirió, con escepticismo:

—¿Qué puede ella saber de una muchacha que se ha criado

en un ambiente teatral y que probablemente jamás ha estado en un pueblo en su vida?

—Creo —respondió Clithering con firmeza— que posiblemente tendrá ideas.

II

Miss Marple se ruborizó de placer al ver que sir Henry Clithering se acercaba a ella.

—Oh, sir Henry, es una verdadera suerte encontrarle a usted aquí.

Sir Henry era galante.

—Para mí es un gran placer.

—Es usted muy amable —murmuró la anciana, sonrojándose.

—¿Está usted hospedada aquí?

—Si quiere que le diga la verdad, sí que estamos hospedadas aquí las dos.

—¿*Las dos*?

—Mistress Bantry está aquí también —le miró vivamente—. ¿Ha oído la noticia? Sí; ya veo que sí. Es terrible, ¿verdad?

—¿Qué hace Dolly Bantry aquí? ¿Está su marido también?

—No. Como es natural, cada uno de ellos reaccionó de una manera distinta. El coronel Bantry, pobre hombre, se encierra en el estudio o baja a una de las granjas en cuanto ocurre algo así. Como las tortugas, ¿sabe? Meten la cabeza dentro del caparazón y esperan que nadie se fijará en ellas. Dolly, claro, es *completamente* distinta.

—Es más, Dolly —dijo sir Henry, que conocía bastante bien a su amiga— casi se está divirtiendo, ¿verdad?

—Pues... ah... sí, pobrecilla.

—¿Y la ha traído a usted para que haga los milagros?

Miss Marple dijo, sin inmutarse:

—A Dolly le pareció que un cambio de aires le iría bien y no quería venir aquí sola —su mirada se cruzó con la suya y en sus ojos bailó la risa—. Pero, claro está, la interpretación que da usted a su proceder es rigurosamente exacta. Es un poco embarazoso para mí porque, claro está, yo no sirvo para nada.

—¿No tiene ideas? ¿No hay paralelos rurales?

—No estoy muy enterada del asunto aún.

—Creo poder remediar yo eso. Voy a llamarla a usted a consulta, miss Marple.

Le describió brevemente el curso de los acontecimientos. Miss Marple le escuchó con interés.

—¡Pobre míster Jefferson! —dijo—. ¡Qué historia más triste! Esos accidentes, tan terribles... Dejarle a él vivo, sin piernas, parece más cruel que haberle matado también.

—En efecto. Por eso le admiran tanto sus amigos... por la firmeza con que ha seguido adelante, venciendo al dolor moral y físico y sobreponiéndose a su estado.

—Sí; es magnífico.

—La única cosa que no puedo comprender es su repentino afecto por la muchacha. Es posible, claro, que tuviese cualidades notables.

—Lo más probable es que no —dijo miss Marple, con placidez.

—¿Usted no lo cree?

—No creo que sus cualidades tuvieran nada que ver con el asunto.

Sir Henry dijo:

—Le advierto a usted que no se trata de un viejo degenerado.

—¡Oh, no, no! —miss Marple se puso como la grana de colorada—. Yo no insinuaba tal cosa ni por asomo. Lo que intentaba decir, expresándome muy mal, ya lo sé, era que andaba buscando una muchacha inteligente y simpática para que ocupara el lugar de su difunta hija... Y esa muchacha vio la oportunidad que se le presentaba y quiso aprovecharla, poniendo en ello sus cinco sentidos. Eso parece muy poco caritativo, ya lo sé; pero ¡he visto tantos casos así! La criada de míster Harbottle, por ejemplo. Una muchacha muy corriente, pero callada y con buenos modales. La hermana de míster Harbottle tuvo que ausentarse para cuidar a un pariente moribundo, y a su regreso encontró a la criada completamente fuera de su lugar, sentada en la sala, hablando y riendo, y sin llevar su gorrito ni su delantal. Miss Harbottle le habló con bastante brusquedad y la muchacha se mostró impertinente. Y luego el viejo míster Harbottle la dejó completamente estupefacta porque le dijo que opinaba que ella ya le había administrado la casa bastante tiempo y que había decidido cambiar de administradora.

»¡Lo que se escandalizó el pueblo! Pero la pobre miss Harbottle tuvo que irse a vivir a unas habitaciones *incomodísimas* en Eastbourne. La gente dijo cosas, claro está; pero no creo que hubiese intimidad de ninguna clase... Sólo era que el viejo encontró mucho más agradable tener a una muchacha joven y alegre que le dijese cuán inteligente y divertido era, que a una hermana que le andaba señalando continuamente sus defectos, aun cuando fuera una buena administradora.

Hubo un momento de pausa, luego prosiguió:

—Y luego fue lo de míster Badger, propietario de la droguería. Colmó de atenciones a la joven que trabajaba en su sección de objetos de tocador. Le dijo a su esposa que tenían que considerarla como hija suya y hacerla ir a vivir con ellos a su casa. Mistress Badger no era de la misma opinión ni mucho menos.

Sir Henry dijo:

—Si se hubiera tratado de una muchacha de su propio nivel social... la hija de un amigo...

La anciana le interrumpió:

—Oh, es que eso no hubiera sido, ni con mucho, tan satisfactorio desde su punto de vista. Es como el caso del rey Cofetu que se casó con la pordiosera. Si uno es un anciano que se siente muy solo y muy cansado y si, además, la propia familia de uno le ha estado descuidando... —hizo una breve pausa—; bueno, pues el proteger a alguien que quedará abrumado por la magnificencia y la munificencia de uno (esto es expresarlo con cierto dramatismo, pero espero que comprenderá usted lo que quiero decir); bueno, pues eso es mucho más interesante. Le hace a uno sentirse una persona mucho más grande..., ¡un monarca benéfico! Es más probable que quede deslumbrado el objeto de tal munificencia, y eso, claro está, le proporciona a uno una sensación agradable.

Hizo una pausa y agregó luego:

—Míster Badger, ¿sabe?, le compró a su dependienta unos regalos verdaderamente fantásticos: una pulsera de diamantes y una radiogramola muy cara. Retiró del banco muchos de sus ahorros para hacerlo. Sin embargo, mistress Badger, que era una mujer mucho más astuta que miss Harbottle (el matrimonio, claro está, *ayuda*), se tomó la molestia de averiguar unas cuantas cosas. Y cuando míster Badger supo que la muchacha tenía relaciones con un joven muy indeseable que tenía algo que ver con hipódromos, y que había empeñado la pulsera para darle dinero a él... Bueno, se asqueó y la cosa pasó sin peligro. Y le regaló a mistress Badger un anillo de brillantes la Nochebuena siguiente.

Los ojos agradables y perspicaces se clavaron en los de sir Henry. Éste se preguntó si lo que la anciana había dicho debía tomarse como indirecta. Quiso saber:

—¿Está sugiriendo, acaso, que de haber habido algún hombre en la vida de Ruby Keene la actitud de mi amigo hacia ella hubiera podido cambiar?

—Es muy probable que hubiera cambiado. A lo mejor, dentro de un año o dos, habría querido cuidarse de prepararle él mismo un matrimonio… aunque lo más probable es que no… Los caballeros son, generalmente, bastante egoístas. Pero desde luego creo que si Ruby Keene había tenido novio tendría muy buen cuidado de no decir una palabra de ello.

—Y, ¿el novio pudiera haberse mostrado resentido?

—Supongo que ésa es la solución más plausible. Se me antojó, ¿sabe?, que su prima, la joven que estuvo en Gossington esta mañana, parecía estar verdaderamente furiosa con la muerta. Lo que usted me ha contado explica el *porqué*. Sin duda tenía la esperanza de sacarle buen producto al asunto.

—Es decir, que la considera usted una joven sin sentimientos, ¿no es eso?

—Tal vez sea éste un juicio demasiado severo. La pobre muchacha había tenido que ganarse la vida y no puede usted pedirle que se muestre sentimental nada más que porque una mujer y un hombre que se hallan en buena posición (según me dice usted, es el caso de mistress Jefferson y míster Gaskell) van a verse privados de otra importante cantidad de dinero a la que, en realidad, no tienen el menor derecho moral. Yo diría que miss Turner es una joven perspicaz, ambiciosa, de buen genio y con considerable *joie de vivre*. Algo así —agregó miss Marple— como Jesica Golden, la hija del panadero.

—¿Qué le ocurrió? —preguntó, intrigado, sir Henry.

—Se hizo institutriz y se casó con el hijo de su amo, que había vuelto de la India a casa con permiso. Creo que fue una buena esposa para él.

Sir Henry procuró librarse de las redes de tan fascinadoras derivaciones del asunto. Preguntó:

—¿Existe algún motivo, cree usted, para que mi amigo Conway Jefferson haya adquirido, de pronto, ese «complejo de Cofetu», si es que le gusta a usted ese nombre?

—Pudiera haber existido.

—¿En qué sentido?

—Se me ocurre… —dijo miss Marple, vacilando un poco—,

no es más que una idea, claro está… que su yerno y su nuera pudieran haber querido casarse otra vez.

—No creo yo que él se hubiera opuesto a eso.

—Oh, *oponerse*, no. Pero, claro, hay que mirarlo desde el punto de vista suyo. Sufrió un golpe muy rudo y una pérdida muy grande… y ellos también. Las tres personas afligidas viven juntas y el *eslabón* de unión entre ellas es la pérdida que todas ellas han sufrido. Pero el tiempo, como solía decir mi querida madre, es un gran médico. Míster Gaskell y mistress Jefferson son jóvenes. Sin darse cuenta ellos mismos, pueden haber empezado a experimentar desasosiego, a mirar con resentimiento los lazos que les unen a su pasado dolor. Conque teniendo tales sentimientos, míster Jefferson se daría cuenta de una repentina falta de simpatía, sin conocer su causa. Suele ser eso por lo general. Los caballeros se sienten abandonados tan *fácilmente*… Con míster Harbottle, fue el hecho de que miss Harbottle se ausentara; y con míster Badger obedeció a que mistress Badger se interesaba tanto por el espiritismo y andaba siempre marchándose a asistir a sesiones.

—He de confesar —dijo sir Henry— que me hace muy poca gracia la manera como nos reduce usted a todos a un común denominador.

Miss Marple sacudió la cabeza con profunda tristeza.

—La naturaleza humana es poco más o menos lo mismo en cualquier parte, sir Henry.

—¡Míster Harbottle! ¡Míster Badger! ¡Y el pobre Conway! —dijo sir Henry, con disgusto—. No me gusta introducir una nota personal; pero, ¿tiene usted algún paralelo que le cuadre a mi humilde persona en su pueblo?

—Verá… tenemos a Biggs, claro.

—¿Quién es Biggs?

—Era el jefe de jardineros de Old Hall. Sin duda el mejor que jamás tuvimos. Conocía exactamente cuándo hacían el vago los demás jardineros… y ¡era verdaderamente asombroso! Se las arreglaba con sólo tres hombres y un niño, y los jardines estaban más cuidados que cuando los jardineros eran seis. Y ganó varios primeros premios con sus guisantes de olor. Se ha retirado ya.

—Como yo —dijo sir Henry.

—Pero aún hace algunos pequeños trabajos… si le gusta la gente.

—¡Ah! —murmuró Clithering—. Como yo también. Eso es lo que estoy haciendo ahora… un pequeño trabajo… para ayudar a un viejo amigo.

—Dos viejos amigos.

—¿Dos? —sir Henry la miró, francamente interesado.

—Supongo que usted se refería a míster Jefferson. Pero yo no estaba pensando en él. Pensaba en el coronel y en mistress Bantry.

—Sí..., sí..., comprendo... —preguntó con brusquedad—: ¿Fue por eso por lo que usted llamó a Dolly Bantry pobrecilla en las primeras palabras de nuestra conversación?

—Sí. Aún no ha empezado a darse cuenta de las cosas. Yo lo sé porque he tenido más experiencia. Y es que se me antoja, sir Henry, que existen grandes probabilidades de que este crimen sea uno de esos a los que jamás se encuentra solución. Si eso ocurre, será desastroso para los Bantry con toda seguridad. El coronel, como casi todos los militares retirados, es *anormalmente* quisquilloso. Y reacciona muy aprisa ante la opinión pública. No lo notará al principio; pero luego empezará a darse cuenta. Un desaire aquí, un desprecio allá, invitaciones rechazadas, excusas fútiles... y entonces, poco a poco, caerá en la cuenta y se retraerá dentro de su caparazón y se tomará terriblemente enfermizo y desgraciado.

—Permítame que me asegure de que la comprendo bien, miss Marple. ¿Quiere decir que, porque el cadáver fue hallado en su casa, la gente creerá que él tuvo algo que ver en el asunto?

—¡Claro que lo creerán! Y lo dirán con mayor frecuencia y convicción a medida que pase el tiempo. Y volverán la espalda a los Bantry y rehuirán todo encuentro con ellos. Por eso es necesario que se averigüe la verdad y ése es el motivo de que me mostrara dispuesta a acompañar a mistress Bantry aquí. Una acusación abierta es una cosa... y le es muy fácil a un viejo soldado hacerle frente. Se indigna y tiene oportunidad de luchar. Pero los susurros le quebrantarán... quebrantarán a los dos. Conque, como comprenderá usted, sir Henry, no tenemos más remedio que descubrir la verdad.

—¿Tiene alguna idea que explique por qué había de ser hallado el cadáver en su casa? Tiene que haber algo que explique eso... alguna relación.

—Oh, claro.

—A la muchacha se la vio aquí por última vez a eso de las once menos veinte. A medianoche, según afirmación facultativa, ya estaba muerta. Gossington está a unos veinticinco kilómetros de aquí. Hay una buena carretera en los primeros veintidós kilómetros, hasta que se desvía por otra secundaria. Un coche potente podría recorrer la distancia en menos de media hora. Casi cualquier coche podría correr a un promedio de cincuenta kilómetros por hora. Pero no acabo de comprender por qué había de matarla nadie aquí y llevar luego su cadáver a Gossington, o llevarla a Gossington y estrangularla allí.

—Claro que no lo comprende, porque eso no sucedió.

—¿Quiere decir que fue estrangulada por alguno que la llevó en un coche, y que luego decidió meterla, cuanto antes, en la primera casa a propósito que encontrara?

—No quiero decir eso ni nada que se le parezca. Yo creo que se preparó muy minuciosamente un plan. Lo que sucedió fue que el plan se malogró.

Sir Henry la miró con fijeza:

—¿Por qué se malogró el plan?

Miss Marple murmuró algo, como quien se excusa:

—Ocurren unas cosas tan raras..., ¿verdad? Si yo dijera que este plan salió mal porque los seres humanos son mucho más vulnerables y sensitivos de lo que vulgarmente se supone, no parecería eso muy sensato, ¿verdad? Pero eso es lo que yo creo... y...

Se interrumpió.

—Aquí viene mistress Bantry.

Capítulo IX

Mistress Bantry iba acompañada de Adelaide Jefferson. La primera se acercó a sir Henry y exclamó:

—¿*Usted*?

—Yo, en persona —tomó las dos manos de la dama y las oprimió con cordialidad—. No sabe usted lo mucho que siento todo esto, mistress B.

Mistress Bantry dijo automáticamente:

—¡*No me llame mistress B!* —Y prosiguió—: Arthur no está aquí. Está tomando las cosas muy en serio. Miss Marple y yo hemos venido aquí a hacer de sabuesos. ¿Conoce a miss Jefferson?

—Sí, naturalmente.

Le estrechó la mano. Adelaide preguntó:

—¿Has visto a mi suegro?

—Sí.

—Me alegro. Nos inspira gran ansiedad. Fue un rudo golpe para él.

—Salgamos a la terraza, bebamos algo y discutamos el asunto —dijo mistress Bantry.

Salieron los cuatro y se reunieron con Mark Gaskell, que estaba en un extremo de la terraza.

Tras unos cuantos comentarios sueltos, y después que les hubieron servido de beber, mistress Bantry se lanzó derecha al asunto con su acostumbrado celo.

—Podemos hablar de ello, ¿eh? —dijo—. Quiero decir... todos somos viejos amigos... menos miss Marple, y ella conoce ya todo lo relacionado con el crimen. Y quiere ayudar.

Mark Gaskell miró a la anciana algo inquieto. Dijo, dubitativo:

—¿Ah... escribe usted... novelas policíacas?

Sabía que la gente de quien menos lo hubiera uno supuesto escribía novelas policíacas. Y miss Marple, con su vestido de solterona anticuada, parecía cualquier cosa menos una novelista de ese género.

—Oh, no... no soy lo bastante inteligente para eso.

—Es maravilloso —aseguró mistress Bantry, impaciente—. Ahora no puedo pararme a dar explicaciones; pero lo es. Addie, quiero saberlo todo. ¿Cómo era esa muchacha en realidad?

—Verá...

Adelaide Jefferson hizo una pausa, miró a Mark y medio rió. Dijo:

—Pregunta las cosas tan... a quemarropa...

—¿Le era a usted simpática?

—No, claro que no.

—¿Cómo era en realidad? —inquirió mistress Bantry, dirigiendo su pregunta a Gaskell esta vez.

Mark dijo deliberadamente:

—Una vulgar sacacuartos. Y se sabía el papel. Le tenía echado el gancho a Jeff.

Sir Henry pensó, mirando a Mark con acritud:

«¡Qué hombre más indiscreto! No debiera hablar tan claro.»

Nunca había aprobado a Mark Gaskell. Era atractivo, pero no podía uno fiarse de él... hablaba demasiado, y era a veces jactancioso... No; no podía uno fiarse del todo de él, pensó sir Henry. A veces se había preguntado si no opinaría Conway lo mismo.

—Pero, ¿no podían ustedes haber hecho algo? —exigió mistress Bantry.

Mark respondió con sequedad:

—Tal vez... si nos hubiéramos dado cuenta a tiempo. Tal vez...

Le dirigió una mirada a Adelaide y ésta se ruborizó levemente. Había habido reproche en su mirada.

—Mark cree que yo debiera haberme dado cuenta de lo que iba a pasar.

—Dejabas al viejo demasiado tiempo, Addie. Con tus lecciones de tenis y todo eso.

—Algún ejercicio tenía que hacer —contestó ella—. Sea como fuere, jamás soñé...

—No —dijo Mark—; ninguno de los dos lo soñamos jamás. Jeff ha sido siempre un hombre tan sensato y tan equilibrado...

Miss Marple aportó su contribución.

—Los caballeros —dijo, con su costumbre de solterona de hablar del sexo opuesto como si se tratara de una especie de animales salvajes— son con frecuencia menos equilibrados de lo que parecen.

—Estoy de acuerdo con usted —dijo Mark—. Por desgracia, miss Marple, no nos dimos cuenta de eso. No acabábamos de comprender qué era lo que el viejo encontraba en aquella meretriz insípida y fullera. Pero nos complacía que se sintiera feliz y estuviese distraído. Creíamos que no había mal en ella. ¡Que no había mal! ¡Lástima que no le hubiese retorcido yo el cuello!

—¡Mark —bufó Addie—, has de tener más cuidado con lo que dices!

—Supongo que sí. De lo contrario, la gente va a creer que le retorcí el cuello de verdad. Bueno, supongo que se sospecha de mí de todas formas. Si alguien tenía interés alguno en ver muerta a esa muchacha, ese alguien éramos Addie y yo.

—¡Mark! —exclamó mistress Jefferson, medio riendo, medio enfadada—. ¡Por favor!

—Bueno, bueno… —dijo Mark Gaskell, pacíficamente—. Pero a mí me gusta decir lo que siento. Cincuenta mil libras esterlinas pensaba nuestro estimado suegro asignarle a esa matalascallando sin seso.

—¡Mark! ¡Por favor! ¡No olvides que ha muerto! ¡Respétala!

—Sí, ha muerto, pobre chica. Y, después de todo, ¿por qué no había de usar las armas que le dio la naturaleza? ¿Quién soy yo para emitir juicios? También yo he hecho muchas cosas sucias en mi vida. No; digamos más bien que Ruby tenía perfecto derecho a conspirar y que nosotros fuimos unos imbéciles por no habernos dado cuenta de sus propósitos antes.

Sir Henry preguntó:

—¿Qué dijeron ustedes cuando Conway les anunció que tenía la intención de adoptar a la muchacha?

Mark extendió las manos con gesto de impotencia y resignación.

—¿Qué podíamos decir? Addie, siempre señora, supo dominar sus sentimientos admirablemente. Puso al mal tiempo buena cara. Yo procuré seguir su ejemplo.

—Yo hubiera armado jaleo —aseguró mistress Bantry.

—Bueno, es que, hablando con franqueza, no teníamos el menor derecho a armar jaleo. El dinero era de Jeff. No éramos de su sangre. Siempre había sido muy bueno para con nosotros. No había más remedio que tragarse la medicina.

Y agregó, pensativo:

—Pero no amábamos a la pequeña Ruby.

Adelaide Jefferson dijo:

—Si hubiera sido otra clase de muchacha siquiera... Jeff tenía dos ahijados. Si se hubiese tratado de uno de ellos... Bueno, yo lo hubiera comprendido —agregó con algo de resentimiento—: Y Jeff siempre ha parecido querer tanto a Peter...

—Claro está —dijo mistress Bantry— que siempre he sabido que Peter era hijo de su primer marido... pero lo había olvidado. Siempre he pensado en él como nieto de míster Jefferson.

—Y yo también —dijo Adelaide.

Y había en su voz un dejo que hizo que miss Marple se volviera en su asiento para mirarla.

—La culpa la tiene Josie —dijo Mark—. Fue ella quien la trajo aquí.

Dijo Adelaide:

—Supongo que no creerás que lo hizo deliberadamente, ¿verdad? ¡Si siempre te ha sido muy simpática Josie!

—Sí; sí que la encontraba simpática. Me parecía una buena persona.

—Fue pura casualidad que trajera a la muchacha.

—Josie tiene muy buena cabeza, hija mía.

—Sí, pero no podía prever...

Mark repuso:

—No, no podía preverlo, lo reconozco. No es que la acuse de haber preparado todo el asunto en realidad. Pero estoy seguro de que se dio cuenta de lo que estaba ocurriendo mucho antes que nosotros y que, sin embargo, se lo calló.

Dijo Adelaide, con un suspiro:

—Supongo que una no puede criticarle eso en rigor, desde luego.

—¡Oh, no podemos culpar de nada a nadie!

Inquirió mistress Bantry:

—¿Era muy linda Ruby Keene?

Mark la miró con sorpresa, dada la pregunta.

—Creí que la había visto usted...

Mistress Bantry dijo, apresuradamente:

—Oh, sí; la vi... vi su cadáver. Pero la habían estrangulado y no se podía adivinar...

Se estremeció.

Mark dijo, pensativamente:

—En mi opinión, no era bonita en realidad. Desde luego no lo hubiera sido sin maquillaje. Una cara delgada, de hurón, poca barbilla, dientes que parecían escapársele garganta abajo, una nariz estrambótica…

—Parece algo repulsivo —dijo mistress Bantry.

—Pues ella no lo era. Como he dicho, con ayuda del maquillaje conseguía dar la sensación de ser bonita. ¿No opinas tú igual, Addie?

—Sí; se dejaba una cara de estampa de bombonera. Tenía bonitos ojos azules.

—Sí, una mirada ingenua de crío, y las pestañas, muy embadurnadas de negro, hacían resaltar su azul. Tenía el cabello oxigenado, claro está. Es cierto, ahora que lo pienso, que su colorido… colorido artificial por lo menos… tenía cierto parecido espurio con Rosamund… mi difunta esposa, ¿saben? Seguramente sería eso lo que primero atrajo al viejo. —Suspiró—. Bueno, es un mal asunto. Lo terrible del caso es que Addie y yo no podemos menos que alegrarnos de que esté muerta…

Ahogó una protesta de su cuñada.

—Es inútil, Addie; sé lo que sientes. Yo siento lo mismo. Y ¡no pienso fingir! Pero, al propio tiempo, si entienden lo que quiero decir, estoy la mar de preocupado por Jeff. El golpe ha sido rudo para él. Lo ha tomado muy a pecho. Yo…

Calló y miró hacia las puertas que conducían del salón a la terraza.

—¡Vaya, vaya… mira quién está ahí! ¡Qué mujer más poco escrupulosa eres, Addie!

Mistress Jefferson miró por encima del hombro, soltó una exclamación y se puso en pie con las mejillas levemente encendidas. Cruzó rápidamente la terraza y se acercó a un hombre alto, de edad madura y cara delgada; morena, que miraba con incertidumbre a su alrededor.

Mistress Bantry preguntó:

—¿No es ése Hugo McLean?

Mark Gaskell contestó:

—Hugo McLean, en efecto, alias William Dobbin. El mismo.

Mistress Bantry murmuró:

—Es muy fiel, ¿verdad?

—De una fidelidad perruna —contestó Mark—. Addie no tiene más que silbar, y Hugo acude al trote, desde cualquier parte del globo terráqueo. Siempre tiene la esperanza de que algún día se casará con él. Y probablemente lo hará.

Miss Marple les miró con cara radiante. Exclamó:

—Comprendo. ¿Un amor romántico?

—Como los buenos de antaño —le aseguró Gaskell—. Dura años ya. Addie es una mujer así. —Agregó, musitando—: Supongo que Addie le telefonearía esta mañana. No me había dicho nada.

Edwards cruzó discretamente la terraza y se detuvo junto a Mark.

—Perdone, señor. Míster Jefferson quisiera que subiese usted.

—Iré inmediatamente —respondió el hombre, poniéndose en pie de un brinco.

Se despidió de los otros con un movimiento de cabeza.

—Hasta más tarde —dijo, y se fue.

Sir Henry Clithering se inclinó respetuosamente hacia miss Marple.

Preguntó:

—Bien. ¿Qué opina usted de los principales beneficiados por el crimen?

Miss Marple respondió, pensativa, mirando a Adelaide Jefferson mientras ésta hablaba con su viejo amigo:

—Yo diría, ¿sabe?, que es una madre muy amante.

—Sí que lo es —aseguró mistress Bantry—. Idolatra a Peter.

—Es la clase de mujer a quien todo el mundo quiere. La clase de mujer que podría seguir casándose vez tras vez. No quiero decir que sea mujer *de hombres*... eso es completamente distinto.

—Ya sé lo que quiere decir —dijo sir Henry.

—Lo que quieren decir los dos —intervino mistress Bantry— es que sabe escuchar.

Sir Henry rió. Dijo:

—¿Y Mark Gaskell?

—¡Ah! —dijo miss Marple—, él es un hombre astuto.

—¿Paralelo rural, haga el favor?

—Míster Cargill, contratista de obras. Enredó a la mar de gente convenciéndola de que debían hacer ciertas reformas en su casa con las que jamás habían soñado. Y, ¡cómo supo cobrárselas! Pero siempre conseguía justificar sus cuentas con excusas plausibles. Un hombre astuto. Se casó con una mujer de dinero. Lo mismo hizo míster Gaskell, según tengo entendido.

—Le quiere usted poco.

—Así es. Le querrían la mayoría de las mujeres. Pero a mí no me engaña. Es una persona muy atractiva, en mi opinión. Aunque algo imprudente, quizá, por hablar tanto como habla.

—Imprudente es la palabra —asintió sir Henry—. Mark se va a meter en un lío como no ande con cuidado.

Un joven alto, moreno, vestido de blanco, subió los escalones de la terraza y se detuvo un instante observando a Adelaide Jefferson y a Hugo McLean.

—Y ése —dijo sir Henry— es X, a quien podemos describir como parte interesada. Es el profesional del tenis y del baile: Raymond Starr, pareja de Ruby Keene.

Miss Marple le miró con interés. Dijo:

—Es muy bien parecido, ¿verdad?

—Supongo que sí.

—No sea absurdo, sir Henry —dijo mistress Bantry—, no hay suposición que valga. Es bien parecido.

Miss Marple murmuró:

—Mistress Jefferson ha estado tomando lecciones de tenis, creo que dijo.

—¿Quieres decir algo con eso, Jane, o no quieres decir nada?

Miss Marple no tuvo ocasión de contestar. El pequeño Peter Carmody cruzó la terraza y se reunió con ellos. Se dirigió corriendo hacia sir Henry.

—Oiga, ¿es usted detective también? Le vi hablar con el superintendente... El gordo es el superintendente, ¿verdad?

—Exacto, hijo.

—Y alguien me dijo que usted era un detective importantísimo en Londres. El jefe de Scotland Yard o algo así.

—El jefe de Scotland Yard suele ser un petimetre en las novelas, ¿verdad?

—¡Oh, no! Hoy en día no. El burlarse de la policía se ha pasado de moda ya. ¿No sabe usted aún quién cometió el asesinato?

—Me temo que aún no.

—¿Te diviertes mucho con todo esto, Peter? —inquirió mistress Bantry.

—Pues sí, bastante. Resulta un cambio, ¿verdad? He estado rondando por ahí a ver si encontraba algún indicio; pero no he sido afortunado. Tengo un recuerdo, sin embargo. ¿Le gustaría verlo? Hay que ver, mamá quería que lo tirase. La verdad es que los padres de uno son un poco difíciles de tratar a veces.

Sacó del bolsillo una cajita de cerillas. La abrió y exhibió su precioso contenido.

—¿Ve? *Es una uña. ¡Una uña de la mano de ella!* Voy a ponerle una etiqueta que diga: *Uña de la mujer asesinada.* Y me la llevaré al colegio. Es un buen recuerdo. ¿No le parece?

—¿De dónde la sacaste? —inquirió miss Marple.

—Verá... fue una suerte en realidad. Porque, claro está, yo no sabía entonces que la iban a asesinar. Fue antes de la cena de anoche. Ruby se enganchó la uña en el chal de Josie y se la quebró. Mamá se la cortó, me la dio a mí y me dijo que la tirase al cesto de los papeles. Yo pensaba hacerlo, pero me la metí en el bolsillo y esta mañana me acordé de ella y miré a ver, si aún la tenía, y seguía en el bolsillo. Conque ahora la guardo como recuerdo.

—¡Repugnante! —dijo mistress Bantry.

Peter preguntó, con cortesía:

—¿De veras lo cree usted así?

—¿Tienes algún recuerdo más? —preguntó sir Henry.

—No lo sé. Tengo algo que pudiera serlo.

—Explícate, jovencito.

Peter le miró, pensativo. Luego sacó un sobre. Del interior extrajo un trozo de cinta parda.

—Es un pedazo de cinta del zapato de George Barlett —explicó—. Vi sus zapatos a la puerta esta mañana y corté un trocito por si acaso pudiera servir de algo.

—Por si acaso, ¿qué?

—Por si acaso fuera el asesino, claro está. Él fue la última persona en verla, cosa que siempre resulta la mar de sospechosa, ¿sabe? ¿Cree usted que es hora de cenar ya? Tengo la mar de apetito. Parece tan largo el tiempo que hay desde la hora del té hasta la hora de la cena... ¡Hola! ¡Ahí está el tío Hugo! No sabía que mamá le hubiese pedido a él que viniera. Supongo que le llamaría ella. Siempre lo hace cuando se encuentra en un atolladero. Ahí viene Josie. ¡Eh, Josie!

Josie Turner, que cruzaba la terraza, se detuvo y pareció sobresaltarse al ver a mistress Bantry y a miss Marple.

Mistress Bantry dijo agradablemente:

—¿Cómo está usted, miss Turner? ¡Hemos venido a hacer de sabuesas!

Josie miró a su alrededor con embarazo. Dijo, bajando la voz:

—Es terrible. Nadie lo sabe aún. Quiero decir que aún no lo han publicado los periódicos. Supongo que cuando lo hagan, todo el mundo empezará a hacerme a mí preguntas, lo que resultará la mar de embarazoso. No sé lo que debiera decir.

Miró con cierta nostalgia a miss Marple, que contestó:

—Sí, me temo que va a ser una situación muy difícil para usted.

Josie se conmovió un poco ante aquellas palabras de simpatía.

—Es que, ¿sabe?, míster Prescott me dijo: «No hable del asunto.» Y todo eso está muy bien, pero es seguro que todo el mundo me preguntará y una no puede desairar a la gente, ¿verdad? Míster Prescott me dijo que esperaba que me sentiría capaz de continuar como de costumbre... y no lo dijo de una manera muy agradable. Conque, claro, quiero hacer todo lo que pueda. Y la verdad es que no veo yo por qué me han de echar la culpa de todo a mí.

Sir Henry dijo:

—¿Le importa a usted que le haga una pregunta con toda franqueza, miss Turner?

—Oh, pregúnteme usted lo que quiera.

—¿Ha habido algún disgusto entre usted, mistress Jefferson y míster Gaskell con motivo de todo esto?

—¿Con motivo del asesinato quiere decir?

—No; no me refiero al asesinato.

Josie se retorció los dedos. Dijo con cierta brusquedad:

—Mire, lo ha habido y no lo ha habido, si es que usted me comprende. Ninguno de los dos ha dicho nada. Pero creo que me echaban a mí la culpa... por haberse encaprichado tanto míster Jefferson con Ruby, quiero decir. No era culpa mía, sin embargo, ¿no le parece? Esas cosas suceden y jamás había soñado por anticipado con que pudiera suceder. Que... quedé estupefacta.

Sus palabras sonaban con lo que parecía una sinceridad innegable.

Sir Henry dijo bondadosamente:

—Lo creo. Pero, ¿y una vez que *hubo* sucedido?

Josie irguió la cabeza.

—Fue una verdadera suerte, ¿no le parece? Todo el mundo tiene derecho a que le favorezca la suerte alguna vez.

Miró de una a otro con aire de reto y luego continuó su camino y entró en el hotel.

Peter dijo, con aire de juez:

—Yo no creo que lo hiciese *ella*.

Miss Marple murmuró:

—Es interesante ese pedazo de uña. Me había estado preocupando a mí... cómo explicar las uñas.

—¿Uñas? —dijo sir Henry.

—Las uñas de la difunta —explicó mistress Bantry—. Eran *cortísimas* y, ahora que lo dice Jane, claro que era un poco improbable. Una muchacha así suele tener verdaderas garras por uñas.

Miss Marple dijo:

—Pero, claro, si se arrancó una, es posible que se recortara las otras para que hicieran juego. ¿Encontraron recortes de uñas en su cuarto? Me gustaría saberlo.

Sir Henry la miró con curiosidad.

—Se lo preguntaré al superintendente Harper cuando vuelva.

—Cuando vuelva, ¿de dónde? —inquirió mistress Bantry—. No habrá marchado a Gossington, ¿eh?

Sir Henry contestó con voz solemne:

—No; ha habido otra tragedia. Un coche incendiado en una cantera.

Miss Marple contuvo el aliento.

—¿Había alguien en el coche?

—Me temo que sí..., sí.

Miss Marple dijo, pensativa:

—Supongo que será la exploradora cuya desaparición se denunció... Patience... no, Pamela Reeves.

Sir Henry la miró fijamente.

—¿Cómo se le ocurre a usted pensar eso, miss Marple?

Las mejillas de la anciana se tiñeron levemente de carmín.

—Pues... se anunció por radio que faltaba de su casa... desde anoche. Y vivía en Dageleigh Vale. Eso no está muy lejos de aquí. Y se la vio por última vez en la reunión de la Organización Femenina de Exploradoras en Danebury Downs. Eso está muy cerca. Es más, tendría que pasar por Danemouth para volver a su casa. Conque encaja bastante bien, ¿no le parece? Quiero decir que a lo mejor vio... y oyó... algo que no se quería que oyese ni viese nadie. Si ocurrió eso, claro está, resultaría peligrosa para el asesino y habría que... eliminarla. Dos cosas así tienen que estar relacionadas, ¿no lo cree?

Sir Henry bajó la voz.

—¿Cree usted... en un segundo asesinato?

—¿Por qué no? —La plácida mirada se encontró con la suya—. Cuando una persona ha cometido un asesinato, no retrocede ante otro, ¿no le parece? Ni ante un tercero siquiera.

—¿Un tercero? ¿No creerá usted que se va a cometer un tercer asesinato, supongo?

—Lo creo posible... Sí, creo que es muy posible.

—Miss Marple —dijo sir Henry—, usted me asusta. ¿Sabe quién va a ser asesinado?

Replicó la anciana:

—Tengo una idea bastante aproximada.

Capítulo X

I

El superintendente Harper contempló el montón de metal chamuscado y retorcido. Un automóvil incendiado siempre resulta un espectáculo desagradable, aun cuando no lo empeore la presencia de un cadáver chamuscado y ennegrecido.

La cantera de Venn era un lugar apartado, lejos de toda vivienda humana. Aunque sólo se encontraba, en realidad, a tres kilómetros de Danemouth en línea recta, se llegaba a ella por uno de esos caminos estrechos, retorcidos, llenos de surcos y baches, poco más que un camino de herradura, que no conducía a ninguna parte más que a la propia cantera. Hacía mucho tiempo ya que no se trabajaba en la cantera y las únicas personas que se internaban por aquel camino eran los ocasionales visitantes que acudían en busca de zarzamoras. Como lugar para abandonar un coche resultaba ideal. El automóvil no se hubiera encontrado en mucho tiempo a buen seguro, de no haber sido porque quiso la casualidad que el resplandor del incendio fuera visto por Albert Biggs, labriego que iba camino de su trabajo. Albert Biggs seguía allí, aun cuando todo lo que tenía que contar había sido oído algún tiempo antes; pero siguió repitiendo el emocionante relato con cuantos adornos se le iban ocurriendo.

—¡Maldita sea mi estampa!, me dije, ¿qué diablos es eso? Un resplandor. Un resplandor en el cielo. Puede ser una hoguera, me dije; pero, ¿a quién se le iba a ocurrir encender una hoguera en la cantera de Venn? No, me dije: es un gran incendio, eso es seguro. Pero, ¿qué rayos puede ser?, me dije. No hay ninguna casa ni granja por ese lado. Digo, dije: está por la cantera de Venn, dije; ahí es donde está, seguro. No sabía exactamente lo que debía hacer; pero viendo que el policía Gregg llegaba en aquel momento en su bicicleta, le dije lo que había visto. Se había apagado para entonces, pero se lo dije. Un resplandor muy grande en el cielo, le dije. Quizá sea un almiar, le dije. Pero nunca se me ocurrió que pudiera ser un automóvil... y mucho menos que dentro se pudiera estar quemando vivo alguien. Es una tragedia horrible.

La policía de Glenshire había estado trabajando aprisa. Se habían hecho fotografías, tomándose cuidadosamente nota de la posición del cuerpo carbonizado antes de que el forense hubiera dado principio a su propia investigación. Este último se acercó ahora a Harper, sacudiéndose ceniza negra de las manos.

—Una faenita bastante concienzuda —dijo—. Parte de un pie y el zapato es aproximadamente lo único que se ha salvado. Yo, personalmente, sería incapaz de asegurar en este instante si el cadáver era el de un hombre o una mujer, aunque supongo que obtendremos alguna indicación por los huesos. Pero el zapato es uno de esos, de correa, como los que usan las colegialas.

—Ha desaparecido una colegiala del condado vecino —dijo Harper—, muy cerca de aquí. Una muchacha de dieciséis años o así.

—Entonces, seguramente será ella —contestó el médico—. ¡Pobre criatura!

Harper preguntó, inquieto:

—¿No estaba viva cuando…?

—No; no lo creo. No se ve señal de que intentara apearse. El cuerpo estaba caído sobre el asiento… con el pie asomado. Estaba muerta cuando la pusieron allí, en mi opinión. Luego fue incendiado el coche para destruir pruebas comprometedoras.

Hizo una pausa y preguntó:

—¿Me necesita usted todavía?

—No lo creo, gracias.

—Bien; me marcho, pues.

Se dirigió a su coche. Harper se acercó al lugar en que uno de sus hombres, un sargento especializado en casos automovilísticos, estaba trabajando.

Éste alzó la cabeza.

—Es un caso muy claro, jefe. Se roció todo el coche con gasolina y luego se le prendió fuego. Hay tres latas vacías en el seto.

Un poco más allá, otro hombre ordenaba cuidadosamente pequeños objetos sacados de entre los restos del automóvil. Había un zapato negro, chamuscado, de cuero y, con él, trozos de ennegrecido material. Al acercarse Harper, su subordinado alzó la mirada y exclamó:

—Vea esto, jefe. Creo que ya no existe duda.

Harper tomó el pequeño objeto en la mano. Dijo:

—¿Un botón del uniforme de una exploradora?

—Sí, señor.

—Así —asintió Harper—, tiene usted razón. No parece haber duda ya.

Era un hombre bueno, bondadoso, y se sintió levemente mareado. Primero Keene y ahora aquella niña: Pamela Reeves.

Se dijo para sí, como se preguntara anteriormente:

«¿Qué se ha venido a descargar sobre Glenshire?»

El paso siguiente era telefonear al jefe de policía de su propio condado primero y, después, ponerse en contacto con el coronel Melchett. La desaparición de Pamela Reeves había ocurrido en Radforshire, aun cuando su cadáver había sido hallado en Glenshire.

La misión que había de cumplir a renglón seguido no era muy agradable. Tenía que comunicarles la noticia a los padres de Pamela Reeves.

II

El superintendente Harper contempló pensativo la fachada de Braeside al tocar el timbre de la puerta principal.

Una casita primorosa, un jardín muy lindo de media hectárea aproximada. Una clase de viviendas que se habían construido bastante por todo el campo durante los últimos veinte años. Militares retirados, empleados del Estado jubilados... esa clase de gente. Gente agradable y decente. Lo peor que podría decirse de ella sería que quizá resultase un poco aburrida. Se gastaban todo el dinero que podían en la educación de sus hijos. No era la clase de gente que uno asociaría con una tragedia. Y ahora la tragedia les había alcanzado. Exhaló un suspiro.

Le hicieron pasar inmediatamente a una salita donde un hombre erguido, de bigote entrecano, y una mujer con los ojos enrojecidos por el llanto se pusieron en pie de un brinco al verle entrar. Mistress Reeves preguntó con avidez:

—¿Trae usted noticias de Pamela?

Luego retrocedió, como si la mirada de conmiseración que le dirigió el superintendente hubiese sido un golpe. Harper dijo:

—Lo siento; pero van a tener que prepararse ustedes a recibir malas noticias.

—Pamela... —tartamudeó la mujer.

El comandante Reeves preguntó con viveza:

—¿Le ha sucedido algo… a la criatura?

—Sí, señor.

—¿Quiere decir con eso que ha muerto?

Mistress Reeves exclamó:

—¡Oh, no, no…!

Y estalló en sollozos. El comandante rodeó a su esposa con un brazo y la atrajo hacia sí. Le temblaban los labios, pero miró interrogador a Harper, que movió afirmativamente la cabeza.

—¿Un accidente?

—No ha sido eso exactamente, comandante Reeves. Se la encontró en un automóvil incendiado que habían abandonado en una cantera.

Su asombro era evidente.

Mistress Reeves dio rienda suelta a su dolor y se dejó caer en el sofá, rendida, exánime, sollozando amargamente.

Dijo el superintendente:

—Si quieren ustedes que aguarde unos minutos…

El comandante inquirió con viveza:

—¿Qué significa esto? ¿Un crimen?

—Eso parece, caballero. Por eso quisiera hacerles unas preguntas, si es que no les resulta demasiado duro.

—No, no; tiene usted razón. No debe perderse un instante si lo que usted insinúa es cierto. Pero no puedo creerlo. ¿Quién iba a querer hacer daño a una criatura como Pamela?

Harper dijo con estolidez:

—Ya ha denunciado usted a la policía local las circunstancias de la desaparición de su hija. Salió de aquí para asistir a una reunión de exploradores y la esperaban ustedes de vuelta a la hora de cenar. ¿Es cierto eso?

—Sí.

—¿Había de regresar en un autobús?

—Sí.

—Tengo entendido que, según relato de sus compañeras, cuando se acabó la reunión Pamela anunció que iba a entrar en Danemouth para hacer unas compras en los Almacenes Woolworth y que tomaría el autobús más tarde. ¿Le parece a usted ésa una forma de proceder normal?

—Oh, sí. A Pamela le gustaba mucho ir a los Almacenes Woolworth. Iba con frecuencia a Danemouth a comprar. El autobús sale de la carretera principal, a 500 metros de aquí.

—Y, ¿no tenía otros planes, que usted sepa?

—Ninguno.

—¿No había de entrevistarse con nadie en Danemouth?

—No, estoy seguro de que no. Lo hubiese dicho. La esperábamos de vuelta para cenar. Por eso, cuando se hizo tan tarde y no se hubo presentado, telefoneamos a la policía. Era contrario a su carácter retrasarse así.

—¿Su hija no tenía amistades indeseables... es decir, amistades que ustedes no aprobaran?

—No; jamás se dio un caso de esa clase.

Mistress Reeves dijo, lacrimosa:

—Pam era una criatura. Era muy joven para su edad. Le gustaba jugar y todo eso. No era precoz en forma alguna.

—¿Conocen ustedes a un tal George Barlett que se aloja en el hotel Majestic en Danemouth?

—Nunca he oído ese nombre —dijo el comandante.

—¿No cree usted posible que le conociera su hija?

—Estoy completamente seguro de que no le conocía. Segurísimo.

Agregó vivamente:

—¿Qué papel desempeña ese hombre en el asunto?

—Es el propietario del coche Minoan 14 en que fue hallado el cadáver de su hija.

Mistress Reeves exclamó:

—¡En tal caso debe...!

Harper se apresuró a decir:

—Denunció la desaparición de su coche a primera hora de hoy. Se encontraba en el patio del hotel a la hora de comer ayer. Cualquiera podía habérselo llevado.

—Pero, ¿no vio quién se lo llevaba?

El superintendente negó con la cabeza.

—Entran y salen docenas de coches durante todo el día. Y el Minoan 14 es una de las marcas más populares.

Mistress Reeves exclamó:

—Pero, ¿no están haciendo ustedes nada? ¿No están intentando encontrar al... al diablo que hizo eso? ¡Mi niña... oh, mi niñita! ¿No la quemarían viva, verdad? ¡Oh! ¡Pam, Pam...!

—No sufrió, mistress Reeves. Le aseguro que ya estaba muerta cuando incendiaron el coche.

Reeves preguntó:

—¿Cómo la mataron?

Harper le dirigió una mirada expresiva.

—No lo sabemos. El fuego ha destruido toda prueba de esa clase.

106

Se volvió hacia la mujer.

—Créame, mistress Reeves, estamos haciendo todo lo que nos es posible. Es cuestión de comprobaciones. Tarde o temprano encontraremos a alguien que vio a su hija ayer en Danemouth y que pueda decimos quién la acompañaba. Todo eso requiere tiempo. Recibiremos docenas, centenares de informes acerca de una exploradora que ha sido vista aquí, allí y en todas partes. Es cuestión de indagar y de paciencia...; pero no tema, acabaremos averiguando la verdad.

Mistress Reeves preguntó:

—¿Dónde... dónde está? ¿Puedo ir a verla?

De nuevo miró el superintendente al marido.

—El médico forense se está encargando de todo eso. Propongo que su esposo me acompañe ahora y atienda cualquier cosa que pueda haber dicho Pamela... algo a lo que... quizá no prestara usted atención de momento, pero que pudiera derramar luz sobre el asunto. Ya sabe lo que quiero decir... cualquier palabra casual, o cualquier frase. Esa es la mejor manera en que puede ayudarnos.

Cuando los dos hombres se dirigían a la puerta, Reeves dijo, señalando una fotografía:

—Ahí la tiene.

Harper la miró con atención. Era un grupo de jugadoras de hockey. Reeves señaló a Pamela en el centro del equipo.

«Una buena muchacha», pensó Harper, al contemplar el rostro de la niña, que llevaba trenzas.

Comprimió los labios al recordar el carbonizado cadáver hallado en el coche.

Se juró a sí mismo que el asesino de Pamela Reeves no se convertiría en uno de los misterios sin solución de Glenshire.

Ruby Keene, según él reconocía para sus adentros, podría haber merecido lo que le había ocurrido; pero el caso de Pamela Reeves era distinto. Jamás descansaría hasta haber cazado al hombre o la mujer que le hubiese quitado la vida.

Capítulo XI

Un día o dos más tarde el coronel Melchett y el superintendente Harper se contemplaron mutuamente, sentados uno a cada lado de la gran mesa de despacho del primero. Harper había acudido a Much Benham para efectuar consultas.

Melchett dijo en tono lúgubre:

—Bueno, pues ya sabemos dónde estamos... o, mejor dicho, dónde no estamos.

—«Dónde no estamos» expresa el caso con mayor exactitud.

—Hay dos muertes que tener en cuenta. Dos asesinatos. Ruby Keene y la niña Pamela Reeves. No quedó gran cosa para identificarla, pobre criatura, pero sí lo bastante. El zapato no se quemó; ha sido reconocido como suyo por su padre; y hay ese botón de un uniforme de exploradora. Un asunto diabólico, superintendente.

—Tiene usted razón —contestó Harper.

—Me alegro de que sea cosa segura que estaba ya muerta antes de que fuera incendiado el coche. La forma en que yacía, cruzada en el asiento, lo demuestra. Probablemente le darían un golpe en la cabeza a la infeliz.

—O la estrangularían quizá —dijo Harper.

Melchett le miró con viveza.

—¿Cree usted eso?

—Hay asesinos, así, por lo menos.

—Lo sé. He visto a los padres... La madre de la pobre chica está loca de dolor. Todo el asunto es terrible. El punto que hemos de decidir es: ¿están relacionados los dos asesinatos?

—Yo diría que sí.

—Y yo también.

El superintendente pasó revista a los datos conocidos, contándolos con los dedos.

—Pamela Reeves asiste a la reunión de exploradoras en Danebury Down. Dicen las compañeras que parecía normal y alegre. No regresó a Medschester en autobús con tres compañeras. Les dijo que iba a entrar en Danemouth, ir a Woolworth y tomar el autobús desde allí. La carretera que conduce a Danemouth desde Danebury Down describe una curva bastante grande tierra adentro. Pamela Reeves acortó camino cruzando dos prados, un sendero y un camino, con lo que iría a salir a las proximidades del hotel Majestic. Para ser exactos, el camino pasa al lado del hotel. Es posible, por consiguiente, que viera u oyera algo… algo relacionado con Ruby Keene… que podría resultar peligroso para el asesino. Por ejemplo, podía haberle oído al asesino citarse con Ruby Keene para las once de aquella noche. Se da cuenta de que aquella colegiala le ha oído, y decide sellarle los labios.

Dijo el coronel:

—Eso es suponiendo que el asesinato de Ruby Keene fuera premeditado y no espontáneo.

El superintendente asintió.

—Yo creo que lo fue. Parece como si debiera haber sido todo lo contrario: repentina violencia hija de un acceso de ira o de celos… pero empiezo a creer que no es así. No veo, si no, cómo puede explicarse la muerte de la niña Reeves. Si ésta fue testigo del crimen, sería muy tarde por la noche, allá por las once. ¿Y qué iba a estar haciendo ella por los alrededores del hotel Majestic a semejantes horas? ¡Si a las nueve sus padres empezaban a experimentar ansiedad porque aún no había vuelto!

—Cabe la posibilidad de que fuera a ver a alguien en Danemouth sin conocimiento de su familia ni de sus amigas y que su muerte no tenga absolutamente nada que ver con la otra.

—Sí, señor; pero yo no lo creo así. Fíjese que hasta la anciana esa, miss Marple, se dio cuenta enseguida de que ambos hechos estaban relacionados. Preguntó inmediatamente si el cadáver hallado en el coche era el de la exploradora desaparecida. Es una viejecita muy lista. Estas ancianas lo son, a veces. Perspicaces, ¿sabe? Ponen el dedo en la llaga enseguida.

—Miss Marple ha hecho eso más de una vez —dijo el coronel Melchett con osquedad.

—Y además está la cuestión del coche. Se me antoja a mí que eso relaciona el asesinato definitivamente con el hotel Majestic. Era el automóvil de George Barlett.

De nuevo se encontraron las miradas de los dos hombres. Melchett dijo:

—¿George Barlett? ¡Podría ser! ¿Qué opina usted? ¿Se le ocurre algo?

Harper volvió a recitar varios puntos concretos.

—A Ruby Keene se la vio por última vez en compañía de

George Barlett. Él dice que ella se marchó a su cuarto (cosa confirmada por el hallazgo en la alcoba del vestido que había llevado); pero, ¿volvió ella a su cuarto y se mudó *con el fin de salir con él*? ¿Habrían acordado más temprano salir juntos...? ¿Lo habrían discutido, por ejemplo, antes de cenar y les habría oído Pamela Reeves por casualidad?

Melchett dijo:

—No denunció haber perdido el automóvil hasta la mañana siguiente, y aun entonces sus declaraciones fueron bastante nebulosas. Aseguraba no poder recordar con exactitud cuándo lo había visto por última vez.

—Pudiera ser habilidad. Según yo lo veo, ese hombre es una persona muy lista que finge ser un imbécil o... o es un imbécil de verdad.

—Lo que necesitamos —dijo Melchett— es un móvil. Según está la cosa, no parece él haber tenido motivo alguno para matar a Ruby.

—Sí; ahí es donde nos atascamos siempre. El móvil. Todos los informes recibidos del *Palais de la Danse* de Brixwell son negativos, según tengo entendido.

—Completamente negativos. Ruby Keene no tenía lo que pudiera llamarse novio. Slack ha investigado el asunto bien. Y hay que reconocer que cuando Slack hace una investigación la hace concienzudamente: con seguridad.

—Es cierto. Eso no se le puede negar.

—Si hubiera habido algo que sonsacar, él lo hubiera sonsacado. Pero no hay nada allí. Tiene una lista de sus parejas de baile más frecuentes... todas ellas investigadas y halladas bien. Se trata de jóvenes inofensivos y todos han podido probar la coartada para la noche de autos.

—¡Ah! —murmuró Harper—. Coartadas... Con eso es con lo que tenemos que luchar.

Melchett le miró con viveza.

—¿Usted lo cree? Le he dejado a usted esa parte de investigación.

—Sí, señor. Y ya se han llevado a cabo. Concienzudamente. Solicitamos ayuda a Londres para ello.

—¿Bien?

—Míster Conway Jefferson podrá creer que míster Gaskell y que mistress Jefferson se encuentran en buena situación económica; pero no es cierto. Ambos se hallan bastante mal de dinero.

—¿Es cierto eso?

—Completamente cierto. Míster Conway Jefferson dijo la verdad. Dio una cantidad considerable a cada uno de sus hijos cuando se casaron. Eso fue hace más de diez años; sin embargo, Frank Jefferson se las daba de conocer muy bien los valores comerciales. No invirtió el dinero en negocios más o menos descabellados; pero tuvo mala suerte y demostró ser muy poco perspicaz más de una vez. Las acciones en que gastó su dinero han ido perdiendo valor sin cesar. En mi opinión, la viuda debe de estar haciendo verdaderos equilibrios para poder mantenerse a flote y mandar a su hijo al colegio.

—Pero…, ¿no le ha pedido ayuda a su suegro?

—No, señor. Al parecer, vive siempre con él y, por consiguiente, se ahorra los gastos de casa.

—Y el estado de salud de Conway es tal, que no se esperaba que viviese mucho tiempo, ¿no es eso?

—Justo. Y ahora, Mark Gaskell. Este es jugador por temperamento. Acabó con el dinero de la mujer en muy poco tiempo. Se encuentra en un atolladero bastante grande en este momento. Necesita dinero a todo trance… y en gran cantidad, por añadidura.

—No puedo decir que me fuera muy simpático —anunció el coronel—. Tiene cara de alocado…, ¿eh? Y el móvil no le falta. Representaba para él veinticinco mil libras el quitar a la muchacha del paso. Sí; no cabe la menor duda de que en su caso había un móvil.

—Lo había en el caso de ambos.

—No tomo en consideración a mistress Jefferson.

—Ya sé que no. Y sea como fuere, ambos tienen *probada* la coartada. No podían haberlo hecho. He ahí todo.

—¿Tiene usted un informe detallado de todos los pasos que dieron aquella noche?

—Sí. Examinemos primero el caso de Gaskell. Cenó con su suegro y mistress Jefferson, tomó café con ellos después, cuando Ruby Keene se les unió. Luego dijo que tenía que escribir unas cartas y les dejó. En realidad, lo que hizo fue coger su coche y darse un paseo por el malecón. Me dijo, con franqueza, que no podía soportar estar jugando al bridge toda la noche. El viejo está loco por el juego ese. Conque inventó la excusa de las cartas. Ruby Keene se quedó con los otros. Mark Gaskell regresó cuando la muchacha bailaba con Raymond. Después de su número, Ruby fue y bebió algo con ellos; luego se marchó con Barlett, y Gaskell y los otros se pusieron a jugar al bridge. Esto fue a las once menos veinte... Y no abandonó la mesa hasta después de medianoche. Eso es completamente seguro. Todo el mundo lo dice. La familia, los camareros, todo el mundo. Por consiguiente, él no pudo haber cometido el crimen. Y la coartada de mistress Jefferson es igual. Ella tampoco se levantó de la mesa. Quedan eliminados los dos... eliminados por completo.

El coronel se recostó en el respaldo de su asiento, golpeando la mesa con un cortapapeles.

El superintendente dijo:

—Es decir, quedan eliminados si aceptamos que la muchacha fuera asesinada antes de medianoche.

—Haydock dice que sí. Es un hombre muy concienzudo en cuestiones policíacas. Si él dice una cosa, puede creerse a pies juntillas...

—Pudiera haber razones... de salud, de idiosincrasia, físicas, o algo...

—Se lo sugeriré.

Melchett consultó su reloj, descolgó el auricular y pidió un número. Dijo:

—Haydock debiera estar en su casa a estas horas. ¿Y si supiéramos que la habían matado después de medianoche?

Harper contestó:

—En tal caso cabría la posibilidad. Hubo idas y venidas después. Supongamos que Gaskell le hubiera pedido a la muchacha que se encontrara con él fuera... a las doce y media, por ejemplo. Se retira un minuto o dos, la estrangula, regresa, y se deshace del cadáver más tarde... en las primeras horas de la mañana.

Dijo Melchett:

—¿Se la lleva a cuarenta y cinco kilómetros de distancia para dejarla en la biblioteca de los Bantry? ¡Qué rayos! Eso resulta muy poco probable.

—Es cierto —reconoció inmediatamente Harper.

Sonó el timbre del teléfono. Melchett lo volvió a descolgar.

—Hola, Haydock, ¿es usted? A Ruby Keene, ¿hubiera sido posible que la hubiesen matado *después* de medianoche?

—Ya dije que había muerto entre las diez y las doce.

—Sí, ya lo sé; pero uno podría estirar eso un poco, ¿verdad?

—No, no podría estirarlo. Cuando yo digo que murió antes de medianoche, quiero decir que murió antes de medianoche y hágame el favor de no intentar falsear las declaraciones del forense.

—Sí, pero ¿no podría haber alguna razón fisiológica? Ya sabe usted lo que quiero decir.

—Yo lo que sé es que no sabe usted una palabra de lo que dice. La muchacha estaba completamente sana y no era anormal en cosa alguna... y no pienso decir lo contrario nada más que por ayudarle a usted a ponerle un dogal al cuello a algún infeliz que le haya sido antipático a la policía. No proteste: conozco sus mañas. Y, a propósito, a la muchacha no la estrangularon sin más ni más... es decir, la narcotizaron primero. Murió estrangulada, pero antes la narcotizaron.

Haydock colgó el auricular.

Melchett dijo en tono lúgubre:

—Pues ya lo sabemos.

Contestó Harper:

—Creí haber encontrado otro asesino probable; pero me falló.

—¿Qué es eso? ¿Quién?

—En rigor, es pieza de coto ajeno... del de usted, para ser exacto. Se llama Basil Blake. Vive cerca de Gossington Hall.

—¡Ese impertinente! —El coronel frunció el entrecejo al recordar la grosería de Blake—. ¿Qué pinta ése en el asunto?

—Parece ser que conocía a Ruby Keene. Iba a cenar al Majestic con frecuencia... bailaba con la muchacha. ¿Recuerda usted lo que dijo Josie a Raymond cuando se descubrió que Ruby había desaparecido? «No estará con el peliculero, ¿verdad?» He averiguado que se refería a Blake. Es empleado de los estudios Lemville. Josie no tenía razón alguna para creer que Ruby estuviese con él, más que el saber que a la muchacha le era bastante simpático aquel joven.

—Muy prometedor, Harper, muy prometedor.

—No tanto como parece. Basil Blake fue aquella noche a una reunión que se celebraba en los estudios. Ya conoce usted esas fiestas. Empiezan a las ocho con refresco y continúan hasta que la atmósfera se pone demasiado espesa para que pueda verse a través de ella y se quedan todos sin conocimiento de puro borrachos. Según el inspector Slack, que se encargó de interrogarle, dejó la reunión a eso de medianoche. Y a medianoche Ruby Keene estaba ya muerta.

—¿Hay alguien que confirme su declaración?

—La mayoría de los concurrentes, según tengo entendido, estaban, ah... bastante beodos. Miss Dinah Lee... dice que lo que él declara es cierto.

—¡Eso no significa nada!

—¡No, señor! Es probable que no. Las declaraciones tomadas a otros concurrentes a la reunión confirman la declaración de míster Blake en conjunto, aunque sus ideas acerca de la hora son un poco vagas.

—¿Dónde están esos estudios?

—En Lemville. A unos cuarenta y cinco kilómetros al sudoeste de Londres.

—¡Hum! ¿Aproximadamente a la misma distancia de aquí?

—Sí, señor.

El coronel se frotó la nariz. Dijo, con descontento:

—Parece como si pudiéramos eliminarle a él también ahora.

—Yo creo que sí. No hay pruebas de que le gustara formalmente Ruby Keene. Es más, parece bastante ocupado ya con su propia novia.

Dijo Melchett:

—Pues no nos queda más que «X», un asesino desconocido... tan desconocido, que Slack no puede encontrar el rastro de él. O el yerno de Jefferson, que puede haber querido matar a la muchacha... pero que no tuvo ocasión de hacerlo. La nuera, ídem. O George Barlett, que no puede probar la coartada... pero que por desgracia tampoco tenía motivos. Y de ahí todo. No, no todo. Supongo que debiéramos tener en cuenta al bailarín... a Raymond Starr. Después de todo, veía mucho a la joven.

Harper dijo lentamente:

—No puedo creer que le interesara mucho. A menos que sea un magnífico actor. Y si a eso viene, también él puede probar la coartada. Estuvo más o menos a la vista desde las once menos veinte hasta medianoche, bailando con distintas personas. No veo yo que podamos presentar acusación contra él.

—Total —dijo el coronel Melchett—, que no hay una sola persona contra la que podamos presentar una acusación fundamental.

—Nuestra mayor esperanza es George Barlett. Si se nos ocurriera un móvil quiero decir.

—¿Le ha hecho usted investigar?

—Sí, señor. Hijo único. Mimado por la madre. Heredó la mar de dinero al morir ésta hace cosa de un año. Se lo está gastando muy aprisa. Débil más bien que vigoroso.

—Su debilidad puede ser mental —sugirió Melchett.

El superintendente asintió con la cabeza. Preguntó:

—¿Se le ha ocurrido a usted pensar que ésa pudiera ser la explicación de todo el asunto?

—¿Un loco criminal quiere decir?

—Sí, señor. Uno de esos hombres que andan por ahí estrangulando a muchachas jóvenes. Los médicos tienen un nombre muy largo para describir esa clase de locura.

—Eso resolvería todas nuestras dificultades —dijo Melchett.

—Sólo hay en eso una cosa que no me gusta.

—¿Cuál?

—Es demasiado fácil.

—Hum… sí… quizá… Conque, como dije al principio, ¿adónde hemos llegado?

—A ninguna parte —respondió el superintendente Harper.

Capítulo XII

I

Conway Jefferson se movió en la cama y se desperezó. Tenía los brazos estirados, brazos largos, potentes, en los que parecía haberse concentrado toda la fuerza de su cuerpo desde el accidente.

A través de las cortinas la luz de la mañana brillaba dulcemente.

Conway Jefferson sonrió. Siempre, después de una noche de descanso, se despertaba así, feliz, fresco, renovada su sorprendente vitalidad. ¡Otro día!

Así permaneció durante un minuto. Luego oprimió el timbre especial instalado junto a su mano. Y de pronto una oleada de recuerdos le inundó.

En el momento en que Edwards, ágil y silencioso, entraba en el cuarto, su amo exhaló un leve gemido. Edwards se detuvo, con la mano en las cortinas.

—¿Sufre usted dolor, señor?

Conway dijo con aspereza:

—No. Anda. Descórrelas.

La luz inundó el cuarto. Edwards, comprendiendo, no miró a su amo.

Con el rostro sombrío, Conway Jefferson permaneció echado, recordando, pensando... Ante sus ojos vio de nuevo el rostro bonito e insípido de Ruby. Sólo que en sus pensamientos no empleó el adjetivo «insípido». Anoche hubiera dicho «inocente». ¡Una criatura inocente e ingenua! Y, ¿ahora?

Experimentando un hastío enorme, cerró los ojos. Murmuró en voz baja:

—Margaret...

Era el nombre de su difunta esposa...

II

—Me gusta su amiga —le dijo Adelaide Jefferson a mistress Bantry.

Las dos mujeres estaban sentadas en la terraza.

—Jane Marple es una mujer sorprendente —aseguró mistress Bantry.

—Y es muy simpática también —sonrió Adelaide.

—La gente la llama difamadora... pero no lo es en realidad.

—¿Sólo es que tiene una opinión muy baja de la naturaleza humana?

—Podría decirse eso.

—Resulta reconfortante —dijo Adelaide— tras haber tenido que soportar demasiado de lo contrario.

Mistress Bantry la miró vivamente.

Addie se explicó.

—Tantos pensamientos elevados... tanto idealizar un objeto indigno.

—¿Se refiere a Ruby Keene?

Addie asintió con la cabeza.

—No quiero ser demasiado desagradable. No había mal en ella. Tenía que luchar por lo que quería, pobre rata. No era mala. Vulgar y bastante tonta, y de muy buen genio; pero una sacacuartos rematada. No creo que conspirara ni que hiciese planes. Lo que tenía era que sabía aprovechar enseguida cualquier oportunidad que se le presentara. Y sabía cómo atraerse a un hombre de edad que se sentía... solo...

—Supongo —dijo mistress Bantry pensativa— que Conway se sentía solo en efecto.

Addie se agitó inquieta.

—Sí; se sentía solo... este verano. —Hizo una pausa y luego exclamó—: Mark se empeña en que es culpa mía. Tal vez lo sea; no lo sé.

Guardó silencio unos instantes. Luego, impulsada por alguna necesidad de hablar, siguió diciendo con dificultad y casi a regañadientes:

—He... he tenido una vida tan rara... Mike Carmody, mi primer marido, murió poco después de nuestra boda. Me... me dejó aturdida. Peter, como usted sabe, nació después de su muerte. Frank Jefferson era un gran amigo de Mike. Conque le vi mucho. Fue padrino de Peter... Mike había querido que lo fuese. Llegué a cobrarle mucho afecto... y... ¡oh!, a compadecerle también.

—¿Compadecerle? —murmuró mistress Bantry con interés.

—Sí, compadecerle. Parece raro. Frank había tenido siempre cuanto había deseado. Sus padres no podían haber sido más bondadosos con él. Y, sin embargo..., ¿cómo le diré...? Es que, ¿sabe...? la personalidad de míster Jefferson padre es tan fuerte... Si se vive con él, uno no puede tener personalidad propia. Frank sentía eso.

»Cuando nos casamos era muy feliz... maravillosamente feliz. Míster Jefferson fue muy generoso. Donó una importante cantidad a Frank... Dijo que quería que sus hijos fuesen independientes y que no tuvieran que esperar a que él muriera. Era una acción tan buena, tan generosa... pero fue demasiado brusca. Debieron haber acostumbrado a Frank a desenvolverse en la independencia poco a poco.

»Se le subió a Frank a la cabeza. Quiso valer tanto como su padre, ser tan inteligente con el dinero y en los negocios, ser tan previsor y tener tanto éxito como él. Y claro está, no lo era. No es que especulara con el dinero precisamente; pero lo invirtió en lo que no debía y en los momentos en que menos debía haberlo hecho. Da miedo, ¿sabe?, lo aprisa que se va el dinero cuando uno no es listo con él. Cuanto más perdía Frank, más listo se creía de recobrarlo haciendo una jugada hábil. Conque las cosas fueron de mal en peor.

—Pero, querida, ¿no podía haberle aconsejado Conway?

—No quería que le aconsejaran. Lo que él ambicionaba era triunfar solo. Por eso nunca le dejamos saber la verdad a míster Jefferson. Cuando murió Frank, quedaba muy poco... sólo una pequeña renta para mí. Y yo... yo tampoco se lo dije a su padre. Es que...

»Me hubiera parecido como si traicionara a Frank. A Frank no le hubiera gustado que lo hiciese. Mister Jefferson estuvo enfermo mucho tiempo. Cuando se puso bueno, dio por sentado que yo era una viuda acomodada. Jamás le he desengañado. Ha sido un punto de honor. Él sabe que yo soy muy cuidadosa con el dinero; pero lo aprueba... cree que soy una mujer ahorradora. Y claro está. Peter y yo hemos vivido con él casi siempre desde entonces y él ha pagado todos nuestros gastos de manutención. Conque nunca he tenido necesidad de preocuparme.

—Dijo lentamente—: Hemos sido como una familia durante todos estos años... sólo... sólo que..., ¿comprende? O, ¿no comprende? Nunca he sido la *viuda* de Frank para él... he sido la *esposa* de Frank.

Mistress Bantry comprendió lo que quería decirle.

—¿Quiere decir con eso que él nunca ha aceptado su muerte?

—Sí. Ha sido maravilloso. Pero ha vencido a su propia terrible tragedia negándose a reconocer la muerte. Mark es el esposo de Rosamund y yo soy la esposa de Frank... Y aunque Frank y Rosamund no están aquí con nosotros exactamente... siguen existiendo.

Mistress Bantry dijo dulcemente:

—Es un maravilloso triunfo de la fe.

—Lo sé. Hemos seguido viviendo año tras año. Pero de pronto... este verano... algo pasó en mi interior. Sentí... sentí rebeldía. Es una cosa terrible decir eso, pero... ¡no quería pensar más en Frank! Todo eso había pasado... mi amor y su compañía, y mi dolor al morir él. Era algo que había sentido, y que ya había dejado de ser.

»Es dificilísimo de describir. Es como querer borrar el pasado y empezar de nuevo. Yo quería ser yo... Addie, aún razonablemente joven y fuerte y capaz de jugar, de nadar, bailar... quería ser simplemente persona. También Hugo... ¿Conoce a Hugo McLean?; es una buena persona y quiere casarse conmigo; pero claro, nunca he pensado en eso en realidad... pero este verano sí que empecé a pensar en ello... aunque no en serio...; sólo vagamente...

Calló y sacudió la cabeza.

—Conque supongo que es verdad. *Descuidé a Jeff.* No quiero decir que le abandonara en *realidad*, pero mi mente y mis pensamientos no estaban con él. Cuando vi que Ruby le distraía, me alegré y todo. Me dejaba más libre para poder hacer mis cosas. Jamás soñé... claro que no soñé jamás... que se... que se *encapricharía* tanto de ella.

Mistress Bantry preguntó:

—¿Y qué sucedió cuando lo descubrió usted?

—Quedé estupefacta... ¡Oh!, estupefacta de verdad. Y me temo que me enfurecí también.

—Yo me hubiera enfurecido —dijo mistress Bantry.

—Pensé en Peter, ¿comprende? Todo el porvenir de Peter depende de Jeff. Jeff lo consideraba casi como nieto suyo... así lo creía yo... Pero, claro, no era su nieto. No le unía parentesco alguno con él. ¡Y pensar que iba a ser... desheredado! —Sus manos firmes y bien formadas temblaron levemente sobre el halda, donde reposaban—. Porque eso era lo que parecía, desheredado por una sacacuartos estúpida y ordinaria... ¡Oh! ¡La hubiera matado!

Se interrumpió, como herida por el rayo. Los hermosos ojos de color avellana miraron a mistress Bantry suplicantes y horrorizados. Exclamó:

—*¡Qué cosa tan terrible de decir!*

Hugo McLean, acercándose rápidamente a ellas por detrás, preguntó:

—¿Qué es lo que resulta tan terrible de decir?

—Siéntate, Hugo. Conoces a mistress Bantry, ¿verdad?

McLean había saludado ya a la señora. Dijo ahora lentamente y con insistencia:

—¿Qué era lo que resultaba tan terrible de decir?

Addie Jefferson contestó:

—Cómo me hubiera gustado matar a Ruby Keene.

Hugo McLean reflexionó unos instantes.

—No; yo no diría eso. Pudiera interpretarse mal.

Sus ojos, ojos pensativos, grises, de sostenida mirada, le contemplaron expresivamente.

Dijo:

—*Tienes que andar con pies de plomo.*

Y había una advertencia en sus palabras.

III

Cuando miss Marple salió del hotel y se reunió con mistress Bantry unos minutos más tarde, Hugo McLean y Adelaide Jefferson caminaban juntos por el sendero en dirección al mar.

Miss Marple tomó asiento y observó:

—Parece muy devoto.

—¡Le ha sido devoto muchos años! Uno de esos hombres...

—Lo sé. Como el comandante Bury. Anduvo rondando a una viuda angloindia años y años. ¡Era una broma ya entre sus amigas! Al final, cedió. Pero por desgracia, diez días antes de la fecha fijada para el matrimonio, se fugó con el conductor de su automóvil. ¡Una mujer tan simpática como era! ¡Tan equilibrada, tan formal!

—La gente hace cosas muy raras —asintió mistress Bantry—. Me hubiera gustado que hubieses estado aquí hace un momento, Jane. Addie Jefferson me estuvo contando su vida… me dijo que su marido se gastó todo el dinero, pero que nunca se lo había dicho a míster Jefferson. Y luego, este verano, a ella le parecieron las cosas un tanto distintas…

Miss Marple movió afirmativamente la cabeza.

—Sí. Supongo que se rebelaría al ver que se la obligaba a vivir en el pasado, ¿no es eso? Después de todo, hay un tiempo para cada cosa. No puede una estarse sentada años y años en casa con las cortinas corridas. Supongo que mistress Jefferson las descorrió y se quitó el mantón de viuda, y a su suegro, claro está, no le gustó. Se sintió abandonado, aunque no supongo ni por un instante que adivinara quién era la persona que le había incitado a ello. Sin embargo, no cabe la menor duda de que no le gustaría. Conque, claro, al igual que míster Badger cuando su mujer se dedicó al espiritismo, estaba maduro para lo que ocurrió. Cualquier muchacha medio bonita que escuchara atentamente hubiese servido.

—¿Crees tú —dijo mistress Bantry— que esa prima Josie la trajo aquí deliberadamente… que se trata de una conspiración de familia?

Miss Marple negó con la cabeza.

—No, no lo creo ni muchísimo menos. No creo que Josie tenga la clase de mentalidad que prevé la reacción de la gente. Es un poco dura de cabeza en ese sentido. Tiene uno de esos cerebros astutos, limitados y prácticos que jamás prevén el porvenir y a los que el porvenir generalmente asombra.

—Parece haber asombrado a todo el mundo —comentó mistress Bantry—. A Addie… y a Mark Gaskell también… aparentemente.

Miss Marple sonrió.

—Seguramente tendría él otras cosas en qué pensar. ¡Un hombre osado, de errabunda mirada! No la clase de hombre que sea viudo inconsolable años enteros, por mucho que haya querido a su esposa. Yo creo que los dos se revolvían inquietos bajo el yugo del recuerdo perpetuo del viejo.

»Sólo que —agregó miss Marple cínicamente— es mucho menos duro de sobrellevar para los caballeros.

IV

En aquel preciso instante Mark estaba confirmando las palabras que sobre él se decían en una charla con sir Henry Clithering.

Con su característica franqueza, Mark había ido derecho al grano.

—Acaba de ocurrírseme —dijo— que soy el Sospechoso Favorito Número 1 para la policía. Han estado profundizando en mis dificultades económicas. Estoy sin un penique, ¿sabe?, o casi sin un penique. Si mi querido Jeff muere, de acuerdo con lo esperado, dentro de un mes o dos y Addie y yo nos repartimos los cuartos de acuerdo con lo esperado también, todo irá bien. La verdad es que debo la mar de dinero. Si tengo un batacazo, va a ser un batacazo de padre y muy señor mío. Si logro evitarlo, ocurrirá todo lo contrario... Saldré airoso y seré un hombre muy acaudalado.

Sir Henry dijo:

—Es usted un jugador, Mark.

—Siempre lo he sido. Hay que arriesgarlo todo... ¡ése es mi lema! Sí; es una suerte para mí que alguien estrangulara a esa chica. Yo no lo hice. No soy estrangulador. En realidad, no creo que pudiera matar a nadie. Soy demasiado pacífico. Pero no supongo que pueda pedirle a la policía que crea eso. Debo parecerles la contestación enviada por el Cielo a las súplicas de un investigador criminalista. Tenía motivos, me hallaba en escena, no estoy cargado de elevados escrúpulos morales... No comprendo por qué no me han metido en la cárcel ya. Ese superintendente tiene una mirada muy desagradable.

—Posee usted esa cosa que tan útil resulta: una coartada.

—¡No hay cosa más sospechosa que una coartada! No hay persona inocente que tenga una coartada jamás. Además, todo depende de la hora de la muerte o algo así. Y puede usted tener la seguridad de que si tres médicos dicen que la muchacha murió a medianoche, se encontrarán por lo menos seis que jurarán, convencidos, que murió a las cinco de la mañana. ¿Y dónde está mi coartada entonces?

—Sea como fuere, tiene usted humor para bromear.

—Es de muy mal gusto, ¿verdad? —dijo Mark, alegremente—. En realidad, estoy bastante asustado. Uno se asusta... tratándose de asesinato. Y no crea que no le compadezco a Jeff. Sí que le compadezco. Pero es mejor así, por terrible que haya sido el golpe, que si la hubiera pillado en un renuncio.

—¿Qué quiere decir con eso?

Mark guiñó un ojo.

—¿Adónde se fue la muchacha anoche? Le apuesto lo que usted quiera a que se largó a ver a un hombre. A Jeff no le hubiera gustado eso. No le hubiera gustado ni pizca. Si hubiese descubierto que ella le estaba engañando... que no era la ingenua charlatana que parecía ser... Bueno... mi suegro es un hombre muy raro. Es un hombre que ejerce un gran dominio sobre sí. Pero puede perder ese dominio y entonces... ¡ojo con él!

Sir Henry le miró con curiosidad.

—¿Le tiene usted cariño?

—Le tengo muchísimo cariño... y al mismo tiempo estoy resentido con él. Procuraré explicarme. Conway Jefferson es un hombre al que le gusta dominar lo que le rodea. Es un déspota benévolo, bondadoso, generoso y afectuoso... pero es él quien toca la música y los demás han de bailar a su son.

Mark Gaskell hizo una pausa.

—Yo amaba a mi esposa. Jamás me inspirará el mismo sentimiento ninguna otra persona. Rosamund era sol, alegría y flores, y cuando murió me sentí igual que el boxeador que acaba de recibir el golpe que le deja fuera de combate. Pero el árbitro lleva contando mucho tiempo ya. Soy un hombre después de todo. Me gustan las mujeres. No quiero casarme otra vez... ni mucho menos. Pero es igual. He tenido que ser discreto..., pero he pasado mis buenos ratos a pesar de todo. La pobre Addie no ha sido tan afortunada. Addie es muy buena de verdad. Es la clase de mujer con quien a los hombres les gusta casarse... y no sólo compartir el lecho. Dele usted media ocasión de hacerlo y se volvería a casar. Y será muy feliz y hará muy feliz a su marido también. Pero Jeff no pensaba en ella más que como esposa de su hijo Frank... y la hipnotizó hasta el punto de que ella misma sólo se viera como tal. Él no lo sabe, pero hemos estado encarcelados. Yo me fugué de mi celda sin llamar la atención, hace mucho tiempo ya. Addie se escapó de la prisión este verano... y fue una tremenda sacudida para Jeff. Deshizo su mundo. Resultado: Ruby Keene.

Pero ella está muerta y en la tumba la vi.
¡Oh cuánto ha cambiado el mundo para mí!

—Venga a echar un trago, Clithering.

No tenía nada de extraño, pensó sir Henry, que la policía encontrara altamente sospechoso a Mark Gaskell.

Capítulo XIII

I

El doctor Metcalf era uno de los médicos más conocidos de Danemouth. No tenía modales agresivos, pero su presencia en el cuarto del enfermo surtía invariablemente un efecto animador. Era de edad madura y tenía una voz tranquila y agradable.

Escuchó atentamente al superintendente Harper y replicó a sus preguntas con dulce precisión.

—Así, pues, doctor Metcalf —dijo Harper—, ¿lo que me dijo mistress Jefferson es exacto?

—Sí; la salud de míster Jefferson se encuentra en precario estado. Hace ya varios años que se atormenta a sí mismo implacablemente. En su determinación de vivir como otros hombres, ha vivido muchísimo más intensamente que un hombre normal de su edad. Se ha negado a descansar, a tomarse las cosas con tranquilidad, a ir despacio… y a hacer caso de todas las frases que tanto yo como sus otros consejeros médicos hemos empleado para darle a conocer nuestra opinión. El resultado es que ese hombre puede compararse a una máquina que ha trabajado más allá de su capacidad. El corazón, los pulmones, la presión arterial… todo acusa tensión excesiva.

—¿Dice usted que míster Jefferson se ha negado rotundamente a escucharles?

—Sí; y no crea que le critico por ello. No es cosa que les diga a mis pacientes, míster Harper, pero tanto da que un hombre se desgaste como que se oxide. Muchos de mis colegas lo dicen, y créame, no es mal sistema. En un sitio como Danemouth uno ve todo lo contrario por lo general. Inválidos que se aferran a la vida, aterrados de hacer un esfuerzo demasiado grande, temerosos de la menor corriente de aire, de un microbio perdido, de una comida poco juiciosa…

—Sí; supongo que tiene usted razón. Así, pues, todo se reduce a lo siguiente: Conway Jefferson es bastante fuerte físicamente hablando… o, mejor dicho, muscularmente hablando. Y a propósito, ¿qué es lo que puede hacer en cuanto a actividades físicas se refiere?

—Tiene una fuerza hercúlea en los brazos y en los hombros. Era un hombre muy fuerte antes de su accidente. Es muy diestro en el manejo de su sillón de ruedas, en ir de la cama al sillón, por ejemplo.

—¿No le es posible a un hombre que ha sufrido un accidente así usar piernas artificiales?

—En su caso, no; sufrió daños en la espina dorsal.

—Comprendo. Permítame que haga el resumen otra vez. Jefferson es fuerte y se halla perfectamente en cuanto a los músculos se refiere. ¿Se siente bien y todo eso?

Metcalf movió afirmativamente la cabeza.

—Pero tiene el corazón en mal estado. Cualquier exceso o sacudida, o susto, pudiera matarle. ¿No es eso?

—Poco más o menos. Los excesos le están matando poco a poco, porque no quiere ceder cuando se siente cansado. Eso agrava su estado cardíaco. No es probable que los excesos le maten de repente. Pero una sacudida inesperada o un susto pudieran hacerlo con facilidad. Por eso avisé expresamente a su familia.

El superintendente habló muy despacio:

—Pero lo cierto es que una sacudida no le mató. Quiero decir, doctor, que no podía haber recibido una sacudida más fuerte que la que le ha proporcionado este asunto, y sin embargo, está vivo.

El doctor Metcalf se encogió de hombros.

—Ya lo sé. Pero si usted hubiera tenido la experiencia que yo, superintendente, sabría que el historial de los casos demuestra que es imposible pronosticar con exactitud. La gente que debiera morir de susto e impresión no muere de susto e impresión, etc…, etc… El cuerpo humano es más resistente de lo que uno imaginaría. Además, la experiencia me ha demostrado que una sacudida física es fatal con más frecuencia que una sacudida mental. En pocas palabras: es más fácil que un portazo inesperado matase a míster Jefferson, que el conocimiento de que una muchacha a la que él apreciaba hubiese muerto de una forma horrible.

—¿Por qué será eso?

—Una mala noticia casi siempre provoca una reacción defensiva. Entumece o paraliza, por decirlo así, a quien la recibe. No acaba de entrarle, de momento, en la cabeza. Se requiere algo de tiempo para que se filtre y el que la recibe se percate, se empape y la comprenda. Pero un portazo, o que alguien salte de pronto de un armario, o que se le eche encima a uno un automóvil cuando cruza la calle y todas esas cosas son inmediatas en su acción. El corazón da un salto de terror o se le vuelca a uno el corazón, como suelen decir los profanos.

Dijo Harper lentamente:

—Pero que cualquiera sepa, ¿hubiese podido causarle la muerte fácilmente a míster Jefferson la sacudida que el asesinato de la muchacha pudiera proporcionarle?

—Fácilmente —asintió el doctor mirando con curiosidad a su interlocutor—. ¿No creerá usted que...?

—No sé qué creer —respondió Harper con enfado.

II

—Pero reconocerá usted que las dos cosas encajarían bien juntas —le dijo un poco más tarde a sir Henry Clithering—. Mataría dos pájaros de un tiro. Primero la muchacha... y la noticia de su muerte acaba con míster Jefferson también... antes de que haya tenido ocasión de cambiar el testamento.

—¿Cree usted que lo cambiará?

—Más probabilidades tendría usted de saber eso que yo. ¿Qué opina?

—No lo sé. Antes de que Ruby Keene apareciese en escena sé que había legado su dinero a Mark Gaskell y a mistress Jefferson por partes iguales. No veo yo por qué había de cambiar de intención ahora sobre ese particular. Pero claro está, podría hacerlo. Podría dejar su fortuna a un Asilo de Gatos o para ayudar a bailarinas pobres.

El superintendente asintió.

—Cualquiera sabe por dónde va a dar la locura a un hombre... sobre todo cuando no cree que exista obligación moral alguna en cuanto se refiere al reparto de su fortuna. No hay parientes de sangre en este caso.

Dijo sir Henry:

—Le tiene afecto al niño... a Peter.

—¿Cree usted que lo considera como nieto suyo? Usted sabrá eso mejor que yo.

—No... no creo que le considere como tal.

—Hay otra cosa que me gustaría preguntarle, señor. Es una

cosa que no puedo juzgar por mí mismo. Pero son amigos de usted y usted debiera saberlo. Me gustaría saber exactamente cuánto quiere míster Jefferson a míster Gaskell y a mistress Jefferson.

—No estoy muy seguro de que lo entienda, superintendente.

—Verá usted... lo que yo quiero saber es: ¿hasta qué punto les aprecia como *personas*... aparte del parentesco que con ellos le une?

—Ah, comprendo lo que quiere decir.

—Sí, señor. Nadie duda que les tenía mucho afecto a los dos..., pero les tenía cariño, según yo lo veo, porque eran, respectivamente, marido y mujer de su hija y de su hijo. Pero supongamos, por ejemplo, que uno de ellos se hubiera vuelto a casar...

Sir Henry reflexionó.

—Es un punto interesante el que toca usted. No lo sé. Me inclino a sospechar (ésta es mera opinión mía) que hubiera cambiado mucho su actitud. Les hubiera deseado bien, no les hubiera guardado rencor; pero creo...; sí, sí, estoy bien convencido... de que se hubiera interesado muy poco por ellos ya.

—¿En ambos casos?

—Creo que sí. En el caso de míster Gaskell, casi seguramente, y me inclino a creer que en el caso de mistress Jefferson también... aunque en este caso no es tan seguro como en el otro, yo creo que a ella la quería por ella misma.

—El sexo tendría algo que ver con eso —dijo el superintendente—. Le resultaría más fácil considerarla a ella como hija que a míster Gaskell como hijo. Lo mismo puede decirse en sentido inverso. Las mujeres aceptan a un yerno como si fuera de la familia sin dificultad; pero rara es la vez en que una mujer considera como hija suya a la mujer de su hijo.

Continuó Harper:

—¿Tiene inconveniente en que vayamos por este camino hasta el campo de tenis? Veo que miss Marple está sentada allí. Quiero pedirle que me haga un favor. Mejor dicho, quiero obtener la colaboración de ustedes dos.

—¿En qué forma, superintendente?

—Quisiera que consiguiesen datos que yo no puedo obtener. Desearía que usted abordara a Edwards.

—¿A Edwards? ¿Qué desea de él?

—Todo lo que a usted se le ocurra. Todo lo que sepa y piense. Las relaciones entre los diversos miembros de la familia; lo que él sepa u opine sobre la cuestión de Ruby Keene. Él conocerá mejor que nadie la situación... ¡Vaya si la conocerá! Y no me lo diría a mí. Pero se lo dirá a usted. Porque usted es un caballero y amigo de míster Jefferson. Y pudiera sacarle algo en limpio de todo eso. Es decir, si usted no tiene inconveniente, claro está.

—No tengo inconveniente. Se me ha mandado llamar urgentemente para que descubra la verdad. Tengo la intención de hacer todo lo posible por conseguirlo.

Agregó:

—¿Cómo quiere que le ayude miss Marple?

—Con unas muchachas. Algunas de esas exploradoras. Hemos recogido a media docena o así… las que más amistad tenían con Pamela Reeves. Es posible que sepan algo. He estado pensando, ¿sabe? Se me antoja que si esa muchacha iba a los Almacenes Woolworth en realidad, intentaría convencer a alguna de las muchachas para que la acompañara. A las muchachas suele gustarles hacer sus compras acompañadas.

—Sí; creo que tiene usted razón.

—Conque creo posible que lo de Woolworth no fuera más que una excusa. Quiero saber la verdad, dónde iba la muchacha. Quizás haya dejado escapar algo. En caso afirmativo, creo que miss Marple es la más indicada para sacarles esa información a las niñas. Entenderá a las muchachas y sabrá cómo tratarlas mejor que yo. Y sea como fuere, las chicas se asustarían de la policía.

—Ésa es una clase de problema doméstico que entra de lleno en la especialidad de miss Marple. Es muy perspicaz, ¿sabe?

El superintendente sonrió. Dijo:

—Ya lo creo que lo es. Se le escapan muy pocas cosas a esta señorita.

Miss Marple alzó la cabeza al acercarse ellos y les recibió con cordialidad. Escuchó la petición del superintendente y asintió sin vacilar.

—Me gustaría muchísimo ayudarle, superintendente, y creo, en efecto, que quizá *pudiera* serle útil en algo. Entre la escuela dominical, ¿sabe?, y la organización infantil y nuestras exploradoras, y el asilo de niños… Formo parte de la Junta, ¿saben?, y voy con frecuencia a charlar un rato con la directora… y las *criadas*… Suelo tener siempre doncellas muy jóvenes. Oh, sí, tengo mucha experiencia en eso y sé distinguir cuándo dice la verdad una muchacha y cuándo me oculta algo.

—Total, que es usted una experta —dijo sir Henry.

—¡Oh, *por favor*! no se ría usted de mí, sir Henry.

—No se me ocurrirá jamás reírme de usted. Ha tenido usted ocasión de reírse de mí con demasiada frecuencia.

—Es que una ve tanta maldad en un pueblo... —murmuró miss Marple.

—A propósito —dijo sir Henry—, he aclarado un punto acerca del cual me interrogó usted. El superintendente me dice que fueron hallados recortes de uña en el cesto de los papeles de Ruby.

Miss Marple dijo pensativa:

—¿Ah, sí? Bueno es saberlo...

—¿Por qué deseaba usted saberlo, miss Marple? —inquirió el superintendente.

—Era una de las cosas que... bueno, que no me parecían *bien* cuando vi el cadáver. Había algo anormal en las manos, y al principio no conseguía adivinar qué era. Luego me di cuenta de que las muchachas que se componen mucho suelen llevar las uñas muy largas. Claro está, ya sé que hay muchas muchachas que se muerden las uñas... es una de esas costumbres que cuesta mucho trabajo quitarse. Pero la vanidad contribuye mucho a veces a que se quite una el vicio. Sin embargo, supuse que esa muchacha *no* se había curado. Y luego el niño... me refiero a Peter, ¿sabe...? Dijo algo que demostraba que había tenido las uñas largas, sólo que se le había enganchado una y se la había roto. Conque entonces, claro, podía ser que hubiera recortado las otras para igualarlas y pregunté lo de los recortes y sir Henry me dijo que lo averiguaría.

Sir Henry observó:

—Ha dicho usted hace un momento que era «*una* de las cosas que no le parecían bien cuando vio el cadáver». ¿Había alguna otra cosa?

Miss Marple asintió con un gesto.

—¡Oh, sí! —respondió—: El vestido. El vestido estaba *todo* mal.

Los dos hombres la miraron con curiosidad y sumamente interesados.

—¿Por qué? —inquirió sir Henry.

—Pues verá, era un vestido viejo. Josie lo dijo bien claramente y yo misma pude comprobar que estaba muy gastado y hasta deshilachado. Eso no puede ser.

—No veo por qué.

Las mejillas de la anciana se colorearon un poco.

—Verá... La idea que se tiene es que Ruby Keene se cambió de vestido para ir a entrevistarse con alguien de quien estaba enamorada.

—Ésa es la teoría —asintió el superintendente—. Estaba citada con alguien... con un amigo se supone.

—Entonces —exigió la anciana—, ¿por qué se puso un vestido viejo?

El superintendente se rascó la cabeza, pensativo.

—Comprendo. ¿Usted cree que se hubiera puesto uno nuevo para eso?

—Creo que se pondría el mejor que tuviese. Las muchachas hacen eso.

Sir Henry intervino.

—Sí, pero escuche, miss Marple. Supóngase que marchara fuera a esa cita. En coche abierto, quizás, o a pie por un mal camino. En tal caso no querría correr el riesgo de estropear un vestido nuevo y se pondría uno viejo.

—Eso sería lo sensato —asintió el superintendente.

Miss Marple se volvió hacia él. Habló con animación:

—Lo sensato sería ponerse pantalón y jersey, o un traje sastre de mezclilla. Eso, claro está (no quiero pecar de esnobismo, pero me temo que es inevitable), eso es lo que una muchacha de... de nuestra clase haría.

»Una muchacha bien criada —continuó la anciana, animándose más— siempre procura llevar la ropa adecuada para cada ocasión. Quiero decir que por muy caluroso que fuera el día, una muchacha bien criada jamás se presentaría en una cacería con un vestido de seda adornado con flores.

—¿Y cuál es el vestido adecuado para encontrarse con un novio? —preguntó sir Henry.

—Si le iba a ver dentro del hotel o en algún sitio donde se llevara traje de noche, se pondría su mejor traje de noche, naturalmente... pero fuera, le parecería que estaría ridícula con un traje de noche y se pondría el traje de deporte más atractivo que poseyera.

—Concedido, Reina de la Moda; pero Ruby...

Atajó miss Marple:

—Ruby, claro, no era... bueno, hablando en plata... Ruby no era una señora. Pertenecía a una clase que se pone la mejor ropa que tiene por muy poco en consonancia que esté con la ocasión. El año pasado, ¿sabe?, salimos de excursión a las Peñas del Scrantor y merendamos allí. Le hubiera sorprendido ver cuán fuera de lugar estaban los vestidos que llevaban las muchachas. Vestidos de seda fina, zapatos de charol, adornadísimos sombreros algunas de ellas... Para escalar rocas y andar por entre aulagas y brezos... Y los jóvenes se pusieron los mejores trajes que tenían. Claro está, el andar por carretera es distinto. Para eso casi hay un uniforme... y las muchachas no parecen darse cuenta de que el pantaloncito corto les sienta muy mal, a menos que estén muy bien formadas.

El superintendente dijo con lentitud:

—Y usted cree que Ruby Keene...

—Yo creo que se hubiera dejado puesto el vestido que llevaba... el de color rosado. Sólo se lo hubiese cambiado de haber tenido uno más nuevo aún.

Preguntó Harper:

—¿Qué explicación le da usted a eso, miss Marple?

Contestó la anciana:

—No he encontrado una explicación aún. Pero no puedo menos de pensar que es importante.

III

Dentro de la jaula de alambre, la lección de tenis que Raymond Starr estaba dando había terminado.

Una mujer gruesa, de edad madura, emitió unos cuantos chirridos de agradecimiento, recogió una chaqueta azul celeste y empezó a caminar hacia el hotel.

Raymond gritó unas palabras alegres tras ella.

Luego se volvió hacia el banco en que estaban sentados los tres espectadores. Llevaba las pelotas de tenis en una redecilla que le colgaba de la mano y la raqueta debajo del brazo. La expresión alegre y sonriente desapareció de su rostro como si se la hubieran borrado con una esponja. Parecía cansado y preocupado.

—Eso se acabó por lo menos.

Luego volvió a aparecer la sonrisa, aquella sonrisa encantadora, juvenil, expresiva, que tanto armonizaba con su atezado rostro moreno y ágil garbo.

Sir Henry se preguntó qué edad tendría aquel hombre. ¿Veinticinco, treinta, treinta y cinco? Resultaba imposible adivinar.

Raymond dijo, sacudiendo un poco la cabeza:

—Esa no aprenderá a jugar nunca.

—Todo esto debe de ser lo más aburrido para usted —dijo miss Marple.

—Lo es a veces. Sobre todo a fines de verano. Durante algún tiempo el pensar en la paga le anima a uno, pero ni eso logra estimular la imaginación final.

El superintendente se puso en pie. Dijo bruscamente:

—Pasaré a buscarla dentro de media hora, miss Marple. ¿Le parece bien?

—Muy bien, gracias. Estaré preparada.

Harper se fue. Raymond se quedó mirando tras él. Luego preguntó:

—¿Desean algo de mí?

—Siéntese —dijo sir Henry—. ¿Quiere un cigarrillo?

Le ofreció la pitillera, preguntándose al mismo tiempo por qué experimentaba cierta sensación de prejuicio contra Raymond Starr. ¿Sería simplemente porque era profesor de tenis y bailarín profesional? Si tal era el caso, no sería por el tenis, sino por el baile. Los ingleses, decidió sir Henry, desconfiaban de todo hombre que bailara demasiado bien. Aquel hombre se movía con demasiada gracia. Ramón... Raymond..., ¿cuál sería su nombre? Hizo la pregunta bruscamente.

Al otro pareció caerle en gracia.

—Ramón fue el nombre primitivo profesional. Ramón y Josie... Se daba la sensación así de que se trataba de una pareja española. Luego hubo una especie de prejuicio contra todo lo extranjero... Conque me convertí en Raymond... muy británico...

Miss Marple dijo:

—¿Y su nombre es en realidad muy distinto?

Él sonrió.

—Me llamo Ramón, en efecto. Mi abuela era argentina, ¿comprende...? Pero mi primer nombre es Tomás. ¿Verdad que es prosaico?

Se volvió a sir Henry.

—Usted es del Devonshire, ¿verdad, caballero? ¿De Stande? Mi familia vivía por allí, en Alsmonston.

El rostro de sir Henry se animó.

—¿Es usted uno de los Starr de Alsmonston? No había pensado en esa posibilidad.

—No... no creí que lo pensara.

Había algo de amargura en su voz.

Sir Henry dijo con cierto embarazo:

—Mala suerte... ah... y todo eso.

—¿El que hubiera de vender la casa después de pertenecer trescientos años a la familia? Sí que lo fue bastante. Sin embargo, los de nuestra clase han de desaparecer, supongo. Hemos dejado de ser útiles al mundo. Mi hermano mayor marchó a Nueva York. Está metido en el negocio editorial y le va bien. Los demás estamos dispersados por todo el globo. Es difícil encontrar trabajo hoy en día cuando lo único que puede decir uno a su favor es que ha recibido una educación universitaria. A veces, si tiene uno suerte, le ofrecen trabajo de encargado de recibir a los viajeros en un hotel. Los modales universitarios sí tienen aplicación allí. La única colocación que yo pude conseguir fue de encargado de la exportación de una casa de lampistería., fontanería y artículos sanitarios. Para vender baños soberbios de porcelana color de melocotón y de color de limón. Tenía unas salas enormes; pero como yo nunca sabía el precio de los artículos ni cuándo podían ser entregados, acabaron despidiéndome.

»Las únicas cosas que sí sabía hacer era bailar y jugar al tenis. Me contrataron en un hotel de la Costa Azul. Allí se ganaba dinero. Me iba bastante bien. Hasta que un día oí a un coronel, un coronel de verdad, increíblemente viejo, inglés hasta la médula y que siempre estaba hablando de la India. Se acercó al gerente y le preguntó a voz en grito:

»—¿Dónde está el gigoló? Quiero encontrar al gigoló. Mi esposa y mi hija quieren bailar, ¿sabe? ¿Dónde está el tipo ese? ¿Cuánto le clava a uno por bailar? Es el gigoló a quien busco.

»Fue una estupidez molestarme; pero me molesté, dejé la colocación. Vine aquí. Menos sueldo, pero trabajo más agradable. Casi todo se reduce a enseñar tenis a mujeres redondas que nunca, nunca, nunca podrán jugarlo. A eso y a bailar con las hijas de clientes adinerados a las que nadie quiere por pareja. Bueno, la vida es así, supongo. ¡Perdonen que les haya estado contando penas!

Rió. Le destellaron los blancos dientes, sonrieron sus ojos. Pareció de pronto sano, feliz y exuberante de vida.

—Me alegro de haber tenido esta ocasión —dijo sir Henry—. Tenía ganas de hablar con usted.

—¿Acerca de Ruby Keene? No puedo ayudarle. No sé quién la mató. Sabía muy poco de ella. No me hizo depositario de sus confidencias.

Miss Marple preguntó:

—¿La encontraba usted simpática?

—No gran cosa. Pero tampoco antipática.

Dijo sir Henry:

—Conque…, ¿no puede sugerir nada?

—Me temo que no… Se lo hubiera dicho a Harper de haber

podido. A mí se me antoja uno de esos crímenes de baja estofa...
sin indicios, sin móviles.

—Dos personas tenían motivos para cometerlo —dijo miss
Marple.

Sir Henry la miró vivamente.

—¿De veras? —inquirió Raymond, sorprendido.

Miss Marple miró con insistencia a sir Henry, y éste dijo a regañadientes:

—La muerte de esa muchacha beneficia probablemente a mistress Jefferson y a míster Gaskell en unas cincuenta mil libras esterlinas.

—¿Cómo? —Raymond pareció sobresaltado de verdad... y
más que sobresaltado... trastornado—. Pero eso es absurdo...
completamente absurdo... Mistress Jefferson... ninguno de los
dos puede haber tenido nada que ver con el asunto. Resultaría
increíble pensar en semejante cosa.

Miss Marple tosió. Dijo con dulzura:

—Me temo, ¿sabe?, que es usted un poco idealista.

—¿Yo? —rió—. ¡No lo crea! ¡Soy un cínico rematado!

—El dinero —dijo miss Marple— constituye un móvil muy
poderoso.

—Tal vez —asintió Raymond calurosamente—; pero no admito que ninguno de esos dos estrangulara a una muchacha a
sangre fría...

Sacudió negativamente la cabeza y se puso en pie.

—Aquí está mistress Jefferson. Viene a tomar su lección. Llega tarde —su voz tenía un dejo humorístico—. Viene con diez
minutos de retraso.

Adelaide Jefferson y Hugo McLean caminaban rápidamente
hacia ellos.

Excusándose sonriente por su retraso, mistress Jefferson siguió hasta el campo. McLean se sentó en el banco. Después de
preguntar cortésmente si a miss Marple le molestaría el humo,
encendió la pipa y fumó unos minutos en silencio, observando a
los jugadores. Dijo por fin: .

—No comprendo para qué quiere tomar lecciones, Addie. Jugar un partido, sí. Nadie se divierte jugando al tenis tanto como
yo. Pero, ¿por qué tomar *lecciones*?

—Quiere llegar a jugar mejor —sugirió sir Henry lentamente.

—No es mala jugadora —respondió Hugo—. Lo bastante buena por lo menos. ¡Qué rayos! ¡No piensa tomar parte en ningún
campeonato!

Guardó silencio un minuto o dos. Luego dijo:

—¿Quién es ese Raymond? ¿De dónde salen esos profesionales? A mí me parece un extranjero.

—Es uno de los Starr del Devonshire —contestó sir Henry.

—¿Cómo? ¿De veras?

Sir Henry movió afirmativamente la cabeza. Era evidente que la noticia le resultaba desagradable a McLean. Puso peor cara que nunca.

—No sé por qué me mandó llamar Addie a mí. No parece haberla afectado en absoluto este asunto. En su vida ha tenido mejor aspecto. ¿Por qué mandarme llamar?

Sir Henry preguntó, con cierta curiosidad:

—¿Cuándo le mandó llamar?

—Oh... ah... cuando sucedió todo esto.

—¿Cómo lo supo? ¿Por teléfono o por telegrama?

—Por telegrama.

—Por simple curiosidad..., ¿cuándo fue expedido el telegrama?

—Pues, no lo sé exactamente.

—¿A qué hora lo recibió usted?

—No lo recibí exactamente. Si quiere que le diga la verdad, me telefonearon su contenido.

—Pues, ¿dónde estaba usted?

—Había salido de Londres la tarde anterior. Estaba en Danebury Head.

—¡Cómo...! ¿Aquí cerca?

—Sí; es curioso, ¿verdad? Recibí el mensaje cuando regresé de un partido de golf y vine aquí inmediatamente.

Miss Marple le miró pensativa. El hombre parecía abochornado, molesto. Dijo ella:

—He oído decir que se está muy bien en Danebury Head y que no es muy caro.

—No; no es caro. No hubiera podido permitirme el lujo de alojarme allí si lo hubiera sido. Es un sitio pequeño y delicioso.

—Hemos de darnos un paseo hasta allí algún día.

—¿Eh? ¿Cómo? Oh... ah... sí, yo en su lugar lo haría —se puso en pie—. Más vale que haga un poco de ejercicio... para abrir el apetito.

Se alejó con cierta rigidez.

—Las mujeres —dijo sir Henry— tratan a sus devotos admiradores muy mal.

Miss Marple sonrió sin responder.

—¿Le produce a usted la sensación de ser tenaz? —inquirió sir Henry—. Me gustaría saberlo.

—Un poco limitado en sus ideas quizá —dijo miss Marple—; pero con posibilidades, creo yo... oh, con posibilidades indudablemente.

Sir Henry se levantó a su vez.

—Ya es hora de que me vaya a hacer mi parte. Veo que viene aquí mistress Bantry a hacerle compañía.

IV

Mistress Bantry llegó sin aliento y se dejó caer en el asiento.

—He estado hablando con las camareras. Pero de nada sirve. ¡No he descubierto nada más! ¿Crees tú que esa muchacha puede haber tenido de verdad relaciones con alguien sin que todo el mundo en el hotel estuviera enterado?

—Ése es un punto muy interesante, querida. Yo diría rotundamente que no. *¡Alguien* lo sabe, ten la completa seguridad de ello, si es verdad! Pero tiene que haber hecho las cosas con mucha habilidad.

La atención de mistress Bantry había vagado hacia el campo de tenis. Dijo con aprobación:

—Addie está haciendo grandes progresos en tenis. Es un joven muy atractivo ese profesional. Addie está la mar de linda. Aún es una mujer atractiva... No me sorprendería nada que se volviera a casar.

—Será una mujer rica también cuando se muera míster Jefferson —dijo miss Marple.

—¡Oh, no tengas siempre una mentalidad tan desagradable, Jane! ¿Por qué no has resuelto este misterio ya? No parecemos hacer el menor progreso. Yo creí que lo sabrías *inmediatamente*.

Mistress Bantry hablaba en tono de reproche.

—No, no, querida. No lo supe inmediatamente... Tardé algún tiempo.

Mistress Bantry la miró con sobresalto.

—¿Quieres decir que sabes ahora quién mató a Ruby Keene?

—¡Oh, sí! Eso lo sé.

—Pero, Jane, ¿quién es? ¡Dímelo enseguida!

Miss Marple sacudió la cabeza con firmeza.

—Lo siento, Dolly, pero eso no resultaría bien.

—¿Por qué no resultaría bien?

—Porque eres tan indiscreta... Irías por ahí diciéndoselo a todo el mundo... O sí no lo dijeras, lo *insinuarías*.

—No lo creas. No se lo diría ni al gato.

—La gente que usa esa frase es la que nunca cumple su promesa. Es inútil, querida. Queda mucho camino que andar aún. Hay muchas cosas que siguen siendo muy oscuras. ¿Recuerdas cuando me opuse tanto a que mistress Patridge recaudara para la Cruz Roja y no pude decir *por qué*? Pues fue porque se le contrajo la mano de la misma manera que se le contraía a mi doncella Alice cuando la mandaba a pagar los libros. Siempre pagaba un chelín o menos y les decía que podían agregarlo a la cuenta de la semana siguiente. Y eso fue, claro está, lo que hizo mistress Patridge exactamente, sólo que en mayor escala. Setenta y cinco libras esterlinas fueron las que ella malversó.

—Déjate ahora de mistress Patridge.

—Es que tenía que explicarte mis razones. Y si quieres, te *insinuaré* algo acerca de lo que quieres saber. El error en este caso es que todo el mundo ha sido excesivamente *crédulo*. No puede una permitirse el lujo de creerse todo lo que la gente diga. Cuando hay algo sospechoso yo no creo a nadie. Y es porque conozco la naturaleza humana muy bien.

Mistress Bantry guardó silencio unos minutos. Luego dijo, en distinto tono de voz:

—Te lo dije, ¿verdad?, que no veía por qué no había de divertirme en este asunto. ¡Un asesinato de verdad en mi casa! La clase de cosa que no volverá a ocurrir.

—Espero que no.

—Y yo también. Con una vez basta. Pero es mi asesinato, Jane. Quiero sacarle toda la diversión posible.

Miss Marple le dirigió una mirada.

Mistress Bantry le preguntó retadora:

—¿No me crees, Jane?

Dijo miss Marple con dulzura:

—Claro que sí, Dolly, si tú me lo aseguras.

—Sí; pero tú nunca crees lo que te dice la gente, ¿verdad? Acabas de decirlo tú misma. Bueno, pues tienes muchísima razón.

La voz de mistress Bantry adquirió de pronto un dejo de amargura. Dijo:

—No soy tonta del todo. Podrás creer, Jane, que no sé lo que están diciendo por todo Saint Mary Mead... ¡por toda la comarca! Están diciendo todos, todos sin excepción, que no hay humo sin fuego; que si la muchacha fue hallada en la biblioteca de Arthur, Arthur tiene que saber algo del asunto. Están diciendo que la muchacha era la amante de Arthur... que era su hija ilegítima... que le estaba haciendo víctima de un chantaje... ¡Están diciendo todo lo que se les ocurre! Y continuarán así. Arthur no se dará cuenta al principio... No sabrá lo que ocurre. Es tan buenazo y tan tonto, que jamás creería que la gente fuera capaz de pensar semejantes cosas de él. Le harán desprecios, le mirarán por encima del hombro, y se irá dando cuenta poco a poco. Y de pronto quedará horrorizado y herido en lo más profundo de su alma. Y callará como una ostra y se limitará a *aguantar* día tras día el tormento.

»Es precisamente por todo lo que le va a ocurrir a él por lo que he venido aquí a husmear y desenterrar todos los datos que pueda acerca del asunto. ¡Es preciso aclarar este misterio! De lo contrario, la vida de Arthur quedará truncada... y me niego a consentir que ocurra esto. ¡Me niego! ¡Me niego! ¡Me niego! —Calló un momento y agregó luego—: No *consentiré* que el pobre sufra los tormentos del infierno por algo que no hizo. Ésa es la única razón de que viniera yo a Danemouth y le dejara a él solo en casa: vine a descubrir la verdad.

—Ya lo sé, querida —contestó miss Marple—. Para eso también estoy yo aquí.

Capítulo XIV

I

En un cuarto tranquilo del hotel, Edwards estaba escuchando respetuosamente a sir Henry Clithering.

—Quiero hacerle ciertas preguntas, Edwards; pero antes de empezar deseo que comprenda con claridad mi posición aquí. Fui en otros tiempos comisario de policía de Scotland Yard. Ahora me he retirado a la vida privada. Su amo me mandó llamar cuando ocurrió esta tragedia. Me suplicó que usara mi habilidad y mi experiencia para descubrir la verdad.

Sir Henry hizo una pausa.

Edwards, con los pálidos e inteligentes ojos fijos en su interlocutor, inclinó la cabeza.

—Comprendo, sir Henry.

Clithering continuó lenta y deliberadamente:

—En todos los casos policíacos hay necesariamente mucha información que se oculta o retiene. Se retiene por diversas razones… porque está relacionada con un escándalo de familia, porque se considera que no tiene nada que ver con el asunto, porque significaría una situación embarazosa para las personas interesadas.

De nuevo dijo Edwards:

—En efecto, sir Henry.

—Supongo, Edwards, que ahora comprenderá usted claramente todos los puntos principales de este asunto. La difunta estaba a punto de convertirse en hija adoptiva de míster Jefferson. Había dos personas interesadas en que esto no sucediera. Esas dos personas son mistress Jefferson y míster Gaskell.

Apareció en los ojos del ayuda de cámara un momentáneo destello. Dijo:

—¿Me es lícito preguntar si recaen sospechas sobre ellos, señor?

—No se hallan en peligro de ser detenidos, si es eso lo que usted quiere decir. Pero es natural que la policía sospeche de ellos y que continúe sospechando hasta *que se esclarezca el asunto*.

—Es una situación desagradable para ellos, señor.

—Muy desagradable. Ahora bien, para averiguar la verdad es preciso conocer todos los datos relacionados con el caso. Mucho depende... y tiene que ser así... de las relaciones, palabras y gestos de míster Jefferson y de su familia. ¿Qué sentimientos experimentaron, qué exteriorizaron, qué cosas se dijeron? Le pido a usted, Edwards, información interna que sólo usted tendrá probablemente. Conoce usted los humores de su amo. Habiéndolos observado tantas veces, es muy posible que sepa cuál era la causa de los mismos. Le estoy preguntando esto, no como policía, sino como amigo de míster Jefferson. Es decir, si alguna de las cosas que usted me diga no fuera, en mi opinión, pertinente al caso, yo no se la comunicaría a la policía.

Hizo una pausa. Edwards dijo:

—Le comprendo, señor. Quiere que hable con entera franqueza... que diga cosas que, en el curso normal de los acontecimientos, no diría... y que, usted perdone, señor, ni *usted mismo* soñaría con escuchar siquiera.

Contestó sir Henry:

—Es usted un hombre muy inteligente, Edwards. Eso es exactamente lo que quiero decir.

Edwards guardó silencio unos segundos. Luego empezó a hablar:

—Ni que decir tiene que conozco a míster Jefferson bastante bien ya. Llevo con él muchos años. Y le veo, no sólo en escena, como quien dice, sino entre bastidores. A veces, señor, me he preguntado para mis adentros si es bueno que una persona luche contra el destino de la manera que ha luchado míster Jefferson. Lo ha pagado muy caro. Si a veces hubiera podido ceder, ser un viejo desgraciado, solo y quebrantado... bueno, quizás hubiera resultado mejor para él a fin de cuentas. Pero ¡es demasiado orgulloso para eso! Caerá luchando... ése es, desde luego, su lema.

»Pero eso, sir Henry, trae consigo mucha reacción nerviosa. Parece un caballero de muy buen genio. Yo le he visto con accesos de violenta ira durante los cuales apenas le dejaba hablar la rabia. Y la cosa que siempre le sublevaba, señor, era el engaño...

—¿Dice usted eso pensando en algo determinado, Edwards?

—Sí, señor. ¿Me pidió usted, señor, que hablara con completa franqueza?

—Eso es lo que quiero.

—Pues bien, sir Henry, en tal caso le diré que, en mi opinión, la joven con la que tanto se había encaprichado míster Jefferson no merecía que se acordaran de ella. Era, hablando en plata, una muchacha ordinaria a más no poder. Y míster Jefferson no le importaba a ella un bledo. Toda esa exhibición de afecto y gratitud era comedia pura. Yo no digo que hubiera maldad en ella... pero no era, ni con mucho, lo que míster Jefferson pensaba de ella. Eso era curioso, porque míster Jefferson se distinguía por su perspicacia. Rara vez se engañaba al juzgar a una persona. Pero después de todo un caballero no es ecuánime en sus juicios cuando se trata de una joven. Mistress Jefferson, en quien había confiado siempre para conseguir simpatías, había cambiado mucho este verano. Él lo notó y lo sintió enormemente. Le profesaba mucho afecto, ¿sabe? A míster Mark, sin embargo, nunca le tuvo mucha simpatía.

Comentó sir Henry:

—Y sin embargo, le tenía siempre a su lado...

—Sí; pero era por amor a miss Rosamund... a la difunta mistress Gaskell. La adoraba. Míster Mark era el esposo de miss Rosamund. Sólo pensaba en él como tal.

—¿Y si míster Mark se hubiera casado otra vez?

—Míster Jefferson se hubiera puesto furioso.

Sir Henry enarcó las cejas.

—¿Tanto como eso?

—No lo hubiera exteriorizado, pero se hubiese puesto furioso igual.

—¿Y si mistress Jefferson se hubiera casado otra vez?

—A míster Jefferson no le hubiera gustado eso tampoco.

—Tenga usted la bondad de continuar, Edwards.

—Estaba diciendo, señor, que a míster Jefferson le dio la manía por esa muchacha. He visto ocurrir cosas así con frecuencia entre los caballeros a quienes he servido. Les coge como si fuera una especie de enfermedad. Quieren proteger a la muchacha, escudarla y colmarla de beneficios... y el noventa por ciento de las veces la muchacha sabe protegerse sola divinamente y anda con ojo avizor para aprovechar la oportunidad.

—Conque... ¿usted cree que esa Ruby Keene era una intrigante?

—Verá, sir Henry, carecía de experiencia; era tan joven... pero poseía todo lo necesario para ser una buena intrigante una vez le cogía el ritmo a la cosa, como quien dice. Dentro de cinco años más hubiera sido una experta en eso.

—Me alegro de conocer la opinión que usted tiene de ella.

Es de gran valor. Y ahora, ¿recuerda usted algún incidente en que este asunto fuera discutido entre míster Jefferson y su familia?

—Hubo muy poca discusión, señor. Míster Jefferson dio a conocer sus propósitos y ahogó toda protesta. Es decir, ahogó los comentarios de míster Mark, que solía hablar muy claro. Mistress Jefferson no dijo gran cosa... es una señora muy apacible... Sólo le instó a que no hiciera nada demasiado aprisa.

Sir Henry movió afirmativamente la cabeza.

—¿Algo más? ¿Cuál fue la actitud de la muchacha?

El ayuda de cámara contestó, con evidente disgusto:

—Yo la calificaría de jubilosa, señor.

—¡Ah...! ¿Jubilosa dice usted? ¿No tenía usted motivo alguno para creer, Edwards, que... —trató de hallar una frase que resultara adecuada para Edwards— que... ah... estuviera enamorada de otro?

—Míster Jefferson no la pedía en matrimonio, señor. Sólo iba a adoptarla.

—Suprima usted el «de otro», y valga la pregunta.

El ayuda de cámara dijo lentamente:

—Sí que hubo un incidente, señor, del que yo fui testigo.

—Eso es una suerte. Cuénteme.

—Posiblemente carecerá de importancia, señor. Sólo fue que un día, al abrir la joven su bolso, se le cayó un retrato. Míster Jefferson lo cogió y dijo: «Hola, gatita, ¿quién es ése?, ¿eh?»

»Era una instantánea de un joven moreno, de cabello desgreñado y corbata muy mal arreglada.

»Miss Keene fingió no saber nada de ella. Contestó: "No tengo la menor idea, Jeffie. Ni la menor idea. No sé cómo puede haber venido a parar a mí bolso. ¡Yo no la metí en él!"

»Míster Jefferson no era tonto del todo. La contestación dejaba mucho que desear. Pareció enfadarse; frunció el entrecejo; y era ronca su voz al decir:

»—Vamos, gatita, vamos. Tú sabes divinamente quién es él.

»La muchacha cambió de táctica a toda prisa entonces, señor. Pareció asustarse y dijo: "Ahora le reconozco. Viene aquí a veces y he bailado con él. No sé cómo se llama. El muy estúpido debe haberme metido en el bolso su retrato algún día. ¡Esos chicos son más tontos que ellos solos!" Echó hacia atrás la cabeza, soltó una risita de conejo y cambió de conversación. Pero no era una explicación muy verosímil, ¿verdad? Y no creo que míster Jefferson la aceptara del todo. La miró una

143

o dos veces después de eso con ojos penetrantes, y a veces, si la muchacha había salido, le preguntaba dónde había estado a su regreso.

Preguntó sir Henry:

—¿Ha visto usted por el hotel alguna vez a la persona de la fotografía?

—No, que yo sepa, señor. Claro está, yo ando poco por abajo, por las salas abiertas al público.

Sir Henry asintió con la cabeza. Le hizo aún unas cuantas preguntas; pero Edwards no le pudo decir más.

II

En la comisaría de Danemouth el superintendente Harper conferenciaba con Jessie Davis, Florence Small, Beatrice Henniker, Mary Price y Lilian Ridgeway.

Tenían todas la misma edad aproximadamente y una mentalidad casi uniforme. Entre ellas había de todo, desde la señorita provinciana, hasta la hija de labradores y de comerciantes. Todas ellas contaban la misma historia. Pamela Reeves había sido la misma de siempre. Nada le había dicho a ninguna de ellas, salvo que iba a los Almacenes Woolworth y que regresaría a casa en otro autobús.

En un rincón del despacho del superintendente había sentada una señora de edad. Las muchachas apenas se fijaron en ella. Si la vieron, debieron preguntarse quién podría ser. Desde luego no era una de las matronas de la policía. Posiblemente supondrían que, como ellas, sería una persona llamada allí para ser interrogada.

Salió la última muchacha. El superintendente se secó la frente y se volvió para mirar a miss Marple. Su mirada era interrogadora, pero no esperanzada.

Miss Marple, sin embargo, anunció:

—Me gustaría hablar con Florence Small.

Harper enarcó las cejas, pero asintió con un movimiento de cabeza y tocó el timbre. Se presentó un guardia.

Harper ordenó:

—Florence Small.

Volvió a presentarse la muchacha, acompañada del guardia. Era la hija de un labrador rico, una muchacha alta, de cabello rubio, boca con gesto de estupidez y ojos pardos asustados. Se retorcía la mano y parecía nerviosa.

El superintendente miró a miss Marple, que afirmó con la cabeza.

Harper se puso en pie. Dijo:

—Esta señora te hará unas preguntas.

Y salió del despacho, cerrando la puerta tras de sí.

Florence dirigió una mirada inquieta a miss Marple. Sus ojos se parecían a los de uno de los becerros de su padre.

Miss Marple, mirándola cariñosamente, dijo:

—Siéntate, Florence.

La muchacha se sentó, obediente. Sin darse ella misma cuenta, se sintió de pronto más a sus anchas, menos desasosegada. En lugar del ambiente extraño y aterrorizador de una comisaría encontraba ahora algo que le era más conocido: la voz de mando de alguien que estaba acostumbrada a dar órdenes. Dijo miss Marple:

—¿Has comprendido, Florence, que es de enorme importancia que se conozca todo lo que hizo la pobre Pamela el día de su muerte?

Florence murmuró que lo comprendía perfectamente.

—Y estoy segura de que quieres hacer todo lo que puedas para ayudar, ¿verdad?

La mirada de Florence expresaba cautela cuando contestó afirmativamente.

—El ocultar cualquier dato constituye una ofensa muy seria —prosiguió la anciana.

La muchacha se retorció los dedos, nerviosa. Tragó saliva un par de veces.

—Me hago cargo —dijo miss Marple— de que estás alarmada al verte obligada a entrar en contacto con la policía. Tienes miedo también de que se te culpe por no haber hablado más pronto. Posiblemente también temes que te culpen de no haber detenido a Pamela por entonces. Pero tienes que ser una muchacha valiente y confesar la verdad. Si te niegas a decir lo que sabes, será una cosa muy seria… muy seria…, poco más o menos igual que cometer *perjurio*, y por eso, como sabes, pueden meterte en la cárcel.

—Yo… yo no…

Dijo miss Marple con brusquedad:

—¡No mientas, Florence! ¡Cuéntame toda la verdad inmediatamente! Pamela no iba a ir a comprar a los Almacenes Woolworth, ¿verdad?

Florence se pasó la lengua por los resecos labios y miró implorante a miss Marple, como animal a punto de ser degollado.

—Era algo relacionado con las películas, ¿verdad? —inquirió la anciana.

Una expresión de intenso alivio y de temeroso respeto a la par cruzó el semblante de la muchacha. Desaparecieron todas sus inhibiciones.

—¡Oh, sí!

—Me lo figuraba. Ahora quiero que des todos los detalles.

Las palabras se le escaparon a Florence a borbotones.

—¡Oh! ¡He estado más angustiada…! Y es que le había prometido a Pam que no le diría una palabra a nadie, ¿comprende? Y luego, cuando la encontraron quemada en ese automóvil… ¡Oh! ¡Fue horrible y creí que me moriría…! Me pareció que todo era culpa mía. Debí haberla parado. Sólo que nunca pensé… no, ni un solo momento… que pudiera haber nada malo en ello… Y luego me preguntaron si había estado como siempre aquel día, y dije que sí antes de haber tenido tiempo de pensar. Y no habiendo dicho nada entonces, no vi cómo iba a poder decir nada después. Y después de todo, yo no sabía nada… en realidad… sólo lo que Pam me contó.

—¿Qué te dijo Pam?

—Fue cuando íbamos a coger el autobús, camino de la reunión de exploradoras. Me preguntó si era capaz de guardar un secreto y yo dije que sí, y ella me hizo jurar que no lo diría. Iba a ir a Danemouth a que le hicieran una prueba cinematográfica después de la reunión. Había conocido a un productor de películas… recién llegado de Hollywood creo que era. Buscaba un tipo determinado y le dijo a Pam que ella era precisamente lo que él andaba buscando. Le advirtió, sin embargo, que no se hiciera ilusiones. No era posible hablar con seguridad, le dijo, hasta ver qué tal salía en las fotografías. Podría resultar que no sirviera. Era un papel especial le dijo. Hacía falta una muchacha joven para desempeñarlo. Se trataba de una colegiala que cambiaba su personalidad por la de una artista de revista y hacía una carrera maravillosa. Pam ha trabajado en obras de teatro en el colegio y era muy buena actriz. Él le dijo que veía que sabía desempeñar muy bien un papel, pero que le haría falta un entrenamiento intensivo. No todo sería coser y cantar, le dijo. Tendría que trabajar mucho y muy duro. ¿Creía ella poder soportarlo?

Florence Small se detuvo a tomar aliento. Miss Marple sintió náuseas al escuchar el plausible refrito de numerosas novelas y sinfín de argumentos de película. Pamela Reeves, como la mayoría de las muchachas, habría sido advertida que no debía hablar con extraños… pero la aureola de romanticismo que rodea al cine la haría olvidar todos los consejos.

—Lo trató desde un punto de vista completamente comercial —prosiguió Florence—. Dijo que si la prueba salía bien le extenderían un contrato. Y le dijo que, como era joven e inexperta, debería llevárselo a un abogado para que lo viera antes de firmarlo. Pero no debía decirle a nadie que había sido él quien le había aconsejado que lo hiciese así. Le preguntó si sus padres pondrían inconvenientes y Pam contestó que seguramente que sí. Y él dijo: «Sí, claro, ésa es siempre la dificultad de una muchacha tan joven como usted, pero creo que si se les explica que ésta es una oportunidad maravillosa que seguramente no se le volverá a presentar en la vida, se avendrán a razones.» Pero de todas formas, dijo, era inútil hablar de eso siquiera hasta ver si la prueba salía bien. No debía quedarse desilusionada si fracasaba. Le habló de Hollywood y de Vivien Leigh … cómo se había llevado a Londres de calle de pronto… y cómo sucedían saltos tan sensacionales desde la oscuridad a la fama. Él, personalmente, había vuelto de América para trabajar con los Estudios Lemville y dar un poco de dinamismo a las compañías inglesas cinematográficas.

Miss Marple movió afirmativamente la cabeza.

Florence continuó:

—Conque quedó acordado todo. Pam iba a entrar en Danemouth después de la reunión y a entrevistarse con él en su hotel. Él la llevaría a los Estudios. Le dijo que tenía un estudio pequeño para hacer pruebas en Danemouth. Le harían la prueba y después podría tomar el autobús y volver a su casa. Podría decir que había ido de compras. La avisaría dentro de unos días cuál había sido el resultado de la prueba, y en caso de ser favorable, míster Hamsteiter, el jefe, iría a hablar con sus padres.

»Eso parecía maravilloso, claro está. ¡Le tenía yo una envidia…! Pam no pestañeó siquiera durante toda la reunión de exploradoras… Siempre decíamos de ella que tenía cara de palo. Luego, cuando dijo que iba a entrar en Danemouth para ir a los Almacenes Woolworth, me guiñó un ojo.

»La vi echar a andar por el camino. —Florence empezó a llorar—. Debí haberla detenido. Debí haberla detenido… ¡Debí haber comprendido que una cosa así no podía ser verdad! Debí haberlo dicho a alguien. ¡Dios mío! ¡Ojalá me muriera!

—Vamos, vamos… —miss Marple le dio unos golpecitos en el

hombro—. No te preocupes. Nadie te echará a ti la culpa. Has hecho muy bien en decírmelo.

Dedicó unos minutos a animar a la muchacha.

Cinco minutos más tarde le contaba la historia al superintendente Harper. Este último se puso muy ceñudo.

—¡El muy canalla! —exclamó—. ¡Vive Dios que le arreglaré las cuentas a ése! Esto hace cambiar las cosas de cariz.

—Sí, en efecto.

Harper la miró de soslayo.

—¿No la sorprende?

—Esperaba algo así.

Harper dijo con curiosidad:

—¿Qué le hizo escoger a esa muchacha precisamente? Todas parecían muertas de miedo y no había dónde escoger entre ellas.

Miss Marple dijo con dulzura:

—No ha tenido usted tanta experiencia como yo con muchachas que mienten. Florence le miraba a usted de hito en hito, si recuerda, y estaba muy rígida, y sólo movía los pies, nerviosa, como las demás. Pero no se fijó usted en ella cuando salía por la puerta. Me di cuenta enseguida de que tenía algo que ocultar. Casi siempre aflojan demasiado pronto la tensión de sus nervios. Mi doncellita Janet siempre lo hacía. Explicaba de una forma muy convincente que los ratones se habían comido la punta de un pastel y se delataba a sí misma sonriendo estúpidamente en el momento de salir de la habitación.

—Le estoy muy agradecido —dijo Harper.

Y agregó pensativo:

—Los Estudios Lemville, ¿eh?

Miss Marple no dijo nada. Se puso en pie.

—Me temo —dijo— que habré de marcharme a toda prisa. Me alegro de haber podido serle útil.

—¿Va usted a regresar al hotel?

—Sí... para hacer la maleta. He de regresar a Saint Mary Mead lo más aprisa posible. Tengo mucho que hacer allí.

Capítulo XV

Miss Marple salió por la puertaventana de su sala, bajó el sendero de su bien cuidado jardín, salió al camino, entró por la verja del jardín de la vicaría, cruzó el jardín, se acercó a la ventana de la sala y golpeó suavemente el cristal con los nudillos. El vicario estaba muy ocupado en su despacho preparando el sermón del domingo; pero la esposa del vicario, que era joven y linda, estaba admirando los progresos que hacía su vástago arrastrándose por la estera delante de la chimenea.

—¿Puedo entrar, Griselda?

—Sí, entre, miss Marple. ¡Fíjese en David! ¡Se enfada de una manera porque sólo sabe arrastrarse hacia atrás! Quiere llegar a alguna parte, y cuanto más lo intenta más recula hacia el cubo del carbón.

—Está muy hermoso, Griselda.

—No está mal, ¿verdad? —dijo la joven madre, intentando parecer indiferente—. Claro está que no me preocupo mucho de él. Todos los libros dicen que a una criatura hay que dejarla sola todo lo más posible.

—Eso es muy prudente, querida —aseguró miss Marple—. ¡Ejem…! Vine a preguntarle si estaba usted recaudando para algo especial en estos momentos.

La mujer del vicario la miró con cierto asombro.

—Oh, para un montón de cosas —aseguró alegremente—. Siempre hay que recaudar para algo, las necesidades son muchas.

Fue contando con los dedos:

—Hay el Fondo para restaurar la nave de la iglesia, y las Misiones de San Gil, y nuestro Bazar Benéfico del miércoles, y las Madres Solteras, y la Excursión de los Exploradores, y la Sociedad del Ganchillo, y la llamada del obispo en pro de los pescadores de alta mar…

—Cualquiera de ellos sirve —dijo miss Marple—. Había pensado en dar una vueltecita... con una libreta de recaudación, ¿sabe...? si me lo autorizara usted...

—¿Tiene usted segundas intenciones? Apuesto a que sí. Claro que la autorizo. Recaude para el Bazar Benéfico. Resultaría muy agradable conseguir dinero de verdad en lugar de esas horribles almohadillas perfumadas, y limpiaplumas cómicos y muñecas hechas de ropa vieja y de trapos de quitar polvo...

»Supongo —continuó Griselda acompañando a la anciana hasta la puertaventana— que no querrá usted decirme de qué se trata.

—Más tarde, querida —dijo Miss Marple, retirándose precipitadamente.

Exhalando un suspiro, la madre joven volvió a la estera, y cumpliendo los preceptos de no preocuparse en absoluto de su hijo, le dio tres veces en el estómago con la cabeza, oportunidad que aprovechó el niño para agarrar el cabello y tirar con grandes muestras de alegría. Luego rodaron los dos por el suelo dando gritos, hasta que se abrió la puerta y la doncella de la vicaría le anunció a la feligresa de más influencia de la parroquia, a la que, por cierto, no le gustaban los niños:

—La señora está aquí.

Al oír lo cual Griselda se incorporó y procuró asumir un aire de seriedad más en consonancia con su calidad de esposa del vicario.

II

Miss Marple, llevando en la mano un librito negro lleno de anotaciones en lápiz, caminó apresuradamente por la calle del pueblo hasta llegar a la encrucijada. Allí torció a la izquierda y pasó de largo por delante de la hostería del Jabalí Azul, deteniéndose ante Chatsworth, alias «la casa nueva de míster Booker».

Entró por la puerta del jardín, se acercó a la casa y llamó a la puerta principal.

Abrió la joven rubia llamada Dinah Lee. Estaba menos cuidadosamente maquillada que de costumbre y parecía tener algo sucia la cara. Llevaba pantaloncito corto gris y un jersey color esmeralda.

—Buenos días —dijo miss Marple alegremente—. ¿Me permite que entre un instante?

Avanzó al hablar, de suerte que Dinah Lee no tuvo tiempo de reflexionar.

—Muchísimas gracias —dijo la anciana, mirándola con radiante y bondadosa expresión y sentándose con mucho cuidado en una silla de bambú.

»Hace bastante calor para la época del año en que estamos, ¿verdad? —prosiguió miss Marple, rebosando genialidad.

—Sí, sí, en efecto —asintió miss Lee.

No sabiendo cómo hacer frente a la situación, abrió una caja y se la ofreció a su visita.

—Ah... ¿un cigarrillo?

—¡Cuánto se lo agradezco...! pero no fumo. Sólo vine, ¿sabe?, para ver si conseguía su cooperación para la tómbola del Bazar Benéfico de la semana que viene.

—¿Bazar Benéfico? —exclamó Dinah Lee, como quien repite una frase en un idioma extranjero.

—En la vicaría —dijo miss Marple—. El miércoles que viene.

—¡Oh! —Miss Lee la miró boquiabierta—. Me temo que no podría...

—¿Ni siquiera una pequeña suscripción...? ¿Dos chelines y medio quizás?

Enseñó el librito que llevaba.

—Oh... ah... bueno, sí... Creo que eso sí podría.

La muchacha pareció experimentar un gran alivio y empezó a rebuscar en su bolso.

La penetrante mirada de miss Marple estaba recorriendo la habitación.

—Veo que no tienen ustedes estera delante del fuego.

Dinah Lee se volvió y se la quedó mirando. No podía menos de darse cuenta del agudo escrutinio al que la anciana la estaba sometiendo; pero no despertó en ella más emoción que una leve molestia. Miss Marple lo notó. Dijo:

—Es algo peligroso, ¿sabe? Saltan chispas del fuego y estropean la alfombra.

«¡Qué viejecilla más rara!» —pensó Dinah.

Pero dijo amablemente, aunque con cierta vaguedad:

—Había una estera antes. No sé dónde habrá ido a parar.

—Supongo —dijo la anciana— que sería de esas esteras lanosas, ¿verdad?

Empezaba a divertirse. ¡Qué vieja más excéntrica!

Le ofreció una moneda de dos chelines y medio para su Bazar Benéfico.

—Aquí tiene —dijo.

Miss Marple la aceptó y abrió el librito.

—Ah... ¿qué nombre anoto?

La mirada de Dinah se tomó de pronto dura y desdeñosa.

«¡La muy entrometida! —pensó—. Sólo ha venido para eso: a husmear y comadrear después.»

Dijo claramente y con maliciosa satisfacción:

—Miss Dinah Lee.

Miss Marple la miró fijamente.

Preguntó:

—Ésta es la casa de míster Basil Blake, ¿verdad?

—Sí; y yo soy miss Dinah Lee.

Sonó retadora su voz... echó hacia atrás la cabeza; centellearon los ojos azules.

Miss Marple la miró sin parpadear. Inquirió luego:

—¿Me permite que le dé un consejo, aun cuando pueda considerarlo impertinente?

—Sí que lo consideraré una impertinencia. Más vale que no diga usted nada.

—No obstante —dijo la anciana—, voy a hablar. Quiero aconsejarle que no continúe empleando su nombre de soltera en el pueblo.

Dinah se la quedó mirando.

—¿Qué... qué quiere usted decir? —preguntó.

Miss Marple le aseguró, muy seria:

—Dentro de muy poco tiempo pudiera necesitar usted toda la simpatía y toda la buena voluntad que le sea posible encontrar. Es importante para su esposo también que se piense bien de él. Existen prejuicios en los distritos anticuados contra la gente que vive junta sin estar casada. Les habrá resultado divertido a los dos seguramente fingir que eso era lo que estaban ustedes haciendo. Mantenía alejada a la gente, de suerte que no venía a molestarles ninguna de las que seguramente llamarían «viejas entrometidas». No obstante, las viejas también sirven para algo.

Dinah exigió:

—¿Cómo sabía que estábamos casados?

Miss Marple sonrió despreciativa.

—¡Oh, querida...! —dijo.

Dinah insistió:

—¿Cómo lo sabía usted? No... no habrá ido al Registro Central, ¿verdad?

Un destello apareció momentáneamente en los ojos de miss Marple.

—¿Al Registro Central? ¡Oh, no! Pero era muy fácil *adivinar-*

lo. Todo se sabe en un pueblo. La... ah... clase de riñas que tienen... típicas de los primeros tiempos del matrimonio. Completa... *completamente* distintas a las de personas que tienen relaciones ilícitas. Se ha dicho, ¿sabe?, y con muchísima razón creo yo, que sólo puede exasperarse de verdad a una persona cuando se está casado con ella. Cuando no existe ningún... lazo legal... la gente tiene mucho más cuidado... tienen que estarse asegurando de continuo de que son felices y que están muy bien. Tienen que *justificarse*, ¿comprende? ¡No se atreven a regañar! He observado que la gente casada goza hasta con sus riñas y con las... ah..., consecuentes reconciliaciones.

Hizo una pausa, mirándola con benignidad.

—Pues sí que... —Dinah calló y se echó a reír. Se sentó y encendió un cigarrillo—. ¡Es usted verdaderamente maravillosa!

Luego prosiguió:

—Pero ¿por qué quiere usted que confesemos la verdad y reconozcamos que somos gente decente?

El semblante de miss Marple se tornó muy grave. Contestó:

—Porque de un momento a otro ya, *su esposo podrá ser detenido, acusado de asesinato*.

III

Durante unos segundos Dinah. se la quedó mirando boquiabierta. Luego exclamó con incredulidad:

—¿Basil? ¿Asesinato? ¿Bromea usted?

—De ninguna manera. ¿No ha leído los periódicos?

Dinah contuvo el aliento. Dijo luego:

—¿Se refiere... a esa muchacha del hotel Majestic? ¿Quiere usted decir con eso que sospechan que ha sido Basil quien la ha matado?

—Sí.

—Pero... ¡eso es un disparate!

Se oyó fuera el ruido de un automóvil y la puerta del jardín que se cerraba de golpe. Basil Blake abrió la puerta de la casa y entró con unas botellas.

—Traigo la ginebra y el vermut. ¿Hiciste...?

Se interrumpió y miró con incredulidad a la visita.

Dinah estalló:

—¡Está loca! Dice que te van a detener por el asesinato de Ruby Keene.

—¡Dios Santo! —exclamó Basil Blake.

Se le cayeron las botellas de los brazos al sofá. Se acercó tambaleándose a una silla, se dejó caer en ella y sepultó el rostro entre las manos. Repitió:

—¡Dios Santo! ¡Dios Santo!

Dinah corrió a su lado. Le asió de los hombros.

—Basil, mírame. ¡No es verdad eso! ¡Yo sé que no es verdad! ¡No lo creo ni un solo instante!

Alzó él la mano y asió la de su esposa.

—Dios te bendiga, querida.

—Pero ¿por qué habían de creer...? Si ni siquiera la conocías, ¿verdad?

—Oh, sí que la conocía; ¡sí, sí! —aseguró miss Marple.

Basil dijo con ferocidad:

—¡Cállese, vieja bruja! Dinah, querida, apenas la conocía. La vi dos o tres veces en el Majestic. Eso es todo, te lo juro.

Dinah preguntó aturdida:

—No comprendo. ¿Por qué había de sospechar nadie de ti entonces?

Basil soltó un gemido. Se tapó los ojos con las manos y se tambaleó de un lado para otro.

Preguntó miss Marple:

—¿Qué hizo con la estera de delante del fuego?

Él contestó automáticamente:

—La metí en el cacharro de la basura.

Miss Marple emitió un chasquido de disgusto con la lengua.

—Eso fue una estupidez... una estupidez muy grande. A nadie se le ocurre meter en la basura una estera en buen estado. Supongo que tendría lentejuelas de su vestido, ¿verdad?

—Sí; no pude sacarlas.

Dinah exclamó:

—Pero ¿de qué estáis hablando los dos?

Basil contestó con hosquedad:

—Pregúntaselo a ella. Parece estar enterada de todo.

—Le diré lo que yo creo que sucedió, si quiere. Puede usted corregirme, míster Blake, si me equivoco. Yo creo que, después de haber reñido violentamente con su esposa en una fiesta y después de haber ingerido, quizá, demasiado... ah... alcohol... vino usted aquí. No sé a qué hora llegaría.

Basil aclaró:

—A eso de las dos de la madrugada. Había tenido la intención de acercarme a la ciudad primero. Luego, al llegar a los suburbios, cambié de opinión. Pensé que Dinah pudiera bajar aquí en mi busca. Conque aquí vine. La casa estaba a oscuras. Abrí la puerta, encendí la luz y vi... y vi...

Tragó un nudo que se le había hecho en la garganta y calló. Miss Marple continuó:

—Vio usted a una muchacha tendida en la estera. Una muchacha con traje blanco de noche... estrangulada. No sé si la reconoció usted entonces...

Basil sacudió la cabeza negativa y violentamente.

—No pude mirarla después de echarle el primer vistazo. Tenía la cara azulada... hinchada... Llevaba algún tiempo muerta y se encontraba allí, en mi cuarto.

Se estremeció.

—No las tenía todas consigo, claro está. Se encontraba aturdido y no tiene usted buenos nervios. Si no me equivoco, se apoderaría de usted el pánico. No sabía qué hacer.

—Esperaba que Dinah se presentara de un momento a otro. Y me encontraría aquí con el cadáver... el cadáver de una muchacha... y creería que la había matado yo. De pronto se me ocurrió una idea... me pareció, no sé por qué, una buena idea por entonces. Pensé: «La dejaré en la biblioteca del viejo Bantry..» Ese fanfarrón siempre me anda mirando con desdén, despreciándome por considerarme artístico y afeminado. Le estará muy bien empleado, pensé. La cara que va a poner cuando se encuentre con una joven muerta en la biblioteca. Estaba algo borracho entonces, ¿sabe? —dijo, como queriendo justificarse—. Me pareció verdaderamente *divertido*. El viejo Bantry con una rubia muerta.

—Sí, sí —dijo miss Marple—. Al pequeño Tommy Bond se le ocurrió una idea por el estilo. Era un niño bastante delicado, con un complejo de inferioridad. Decía que la maestra siempre se estaba metiendo con él. Metió una rana en el reloj y la rana le saltó a la maestra en las narices.

»Usted hizo lo mismo. Sólo que, claro está, los cadáveres son cosas algo más serias que las ranas.

Basil volvió a gemir.

—Al amanecer me había serenado ya. Me di cuenta de lo que había hecho. Quedé aterrado. Y luego se presentó aquí la policía... el jefe de policía, otro individuo que es todo pomposidad. Le tenía verdadero pánico... y no encontré más manera de ocultar mi miedo que mostrarme abominablemente grosero. En aquel momento se presentó Dinah.

La muchacha atisbó por la ventana.

—Se acerca un automóvil ahora... Hay hombres dentro de él.

—La policía, creo yo —dijo miss Marple.

Basil Blake se puso en pie. De pronto se tornó sereno y resuelto. Incluso sonrió.

—Conque buena me espera, ¿eh? Bien, Dinah, dulzura, no pierdas la cabeza. Ponte en comunicación con Sims... es el abogado de la familia... y ve a mamá y anúnciale nuestro matrimonio. No te morderá. Y no te preocupes. *Yo no lo hice.* Conque a la fuerza ha de arreglarse todo, ¿comprendes?

Llamaron a la puerta. Basil dijo: «¡Adelante!» Entró el inspector Slack acompañado de otro hombre.

—¿Míster Basil Blake?

—Sí.

—Traigo una orden de detención contra usted. Se le acusa de haber asesinado a Ruby Keene en la noche del veintiuno de septiembre. Le advierto que cualquier cosa que usted diga podrá ser repetida en el juicio contra usted. Tenga la bondad de acompañarme ahora. Se le darán todas las facilidades para que se ponga en comunicación con su abogado. Puede avisarle cuando quiera.

Basil asintió con un movimiento de cabeza.

Miró a Dinah, pero no la tocó.

—Hasta la vista, Dinah.

«¡Qué tipo más tranquilo!», pensó el inspector.

Saludó a miss Marple con una inclinación de cabeza y un «Buenos días» y pensó para sí:

«¡Astuta vieja! ¡Ya estaba ella al tanto! Menos mal que tenemos la estera. Eso y el averiguar por el encargado del parque de estacionamiento del Estudio que Blake se fue de la fiesta a las once en lugar de la medianoche. No creo que esos amigos suyos tuvieran la intención de perjurar. Estaban borrachos y Blake les dijo con seguridad al día siguiente que eran las doce cuando se marchó, y le creyeron. Bueno, ése ya está listo. Intervendrán los psiquiatras, seguramente. No le ahorcarán. Un caso mental. Lo mandarán a Broadmoor. Primero la niña Reeves. Probablemente la estranguló. La llevó a la cantera, volvió a pie a Danemouth, recogió su propio coche en algún camino y se fue a la fiesta. Luego regresó a Danemouth, se trajo a Ruby Keene aquí, la estranguló, la metió en la biblioteca de Bantry. A buen seguro que después se arrepintió de haber dejado el coche en la cantera, volvió

allí, le prendió fuego, regresó aquí... Loco... ávido de sangre...
suerte que esta muchacha se ha salvado. Con seguridad es lo que
llaman manía recurrente, seguramente.»

Sola con miss Marple, Dinah Blake se volvió hacia ella. Dijo:

—No sé quién es usted; pero ha de comprender una cosa: *Basil no la mató*.

Dijo miss Marple:

—Ya lo sé. Sé quién lo hizo. Pero no va a ser cosa fácil demostrarlo. Tengo una idea de que algo que usted dijo... hace un
momento... podría ayudar. Me dio una idea... la relación que yo
había estado intentando encontrar... Pero ¿qué cosa fue?

Capítulo XVI

I

—¡Estoy de vuelta en casa, Arthur! —declaró mistress Bantry anunciando el hecho como una Proclama Real, al abrir de par en par la puerta del amplio estudio.

El coronel Bantry se puso en pie de un brinco, inmediatamente dio un beso a su mujer y declaró con toda su alma:

—¡Eso es magnífico!

Las palabras eran impecables. Los gestos, muy bien hechos; pero una esposa afectuosa desde hacía tantos años como mistress Bantry no se dejaba engañar.

—¿Sucede algo? —dijo inmediatamente.

—No, claro que no, Dolly. ¿Qué iba a suceder?

—¡Oh, no sé! —dijo la señora vagamente—. Ocurren cosas tan raras... ¿no te parece?

Se quitó el abrigo mientras hablaba y el coronel lo cogió con cuidado y lo puso sobre el respaldo del sofá.

Todo igual que de costumbre... y, sin embargo, no igual. Su esposo, pensó mistress Bantry, parecía haberse encogido. Dijérase que estaba más delgado, que tenía más encorvada la espalda. Tenía ojeras y sus ojos no parecían dispuestos a encontrarse con los de su mujer.

Dijo a continuación, con la misma alegría afectada:

—Bueno, ¿y te divertiste en Danemouth?

—Oh, fue muy divertido. Debiste haberme acompañado, Arthur.

—No podía ser, querida. Tenía muchas cosas que atender aquí.

—No obstante, yo creo que el cambio de aires te hubiese sentado bien. ¿Y no te gustan los Jefferson?

—Sí, sí, pobre hombre. Buena persona. Es muy triste todo eso.

—¿Qué has estado haciendo por aquí desde que me marché?

—Oh, no gran cosa. He estado haciendo una visita de inspección a las granjas, ¿sabes? He acordado que a Anderson le pongan tejado nuevo... no es posible remendarlo más.

—¿Qué tal fue la reunión del consejo de Radfordshire?

—Yo... pues... si quieres que te diga la verdad, no asistí.

—¿Que no asististe? Pero, ¿no ibas a presidirlo tú?

—Si quieres que te diga la verdad, Dolly... parece haber habido un error en eso. Me preguntaron si no me daría igual que presidiera Thompson en mi lugar.

—Ya —dijo mistress Bantry.

Se quitó un guante y lo tiró deliberadamente al cesto de los papeles. Su marido fue a recogerlo; pero ella le contuvo, diciendo con viveza:

—¡Déjalo! Odio los guantes.

El coronel la miró con inquietud.

Mistress Bantry dijo en tono severo:

—¿Fuiste a cenar con los Duff el jueves?

—¡Ah, eso! Lo aplazaron. La cocinera estaba enferma.

—¡Qué gente más estúpida! ¿Fuiste a ver a los Naylor ayer?

—Les telefoneé y les dije que no me encontraba con ánimos y que esperaba que me excusaran. Comprendieron perfectamente.

—Conque sí, ¿eh? —exclamó mistress Bantry con ira contenida.

Se sentó junto a la mesa y, distraída, cogió unas tijeras de jardín. Con ellas cortó, uno tras otro, todos los dedos de su segundo guante.

—¿Qué estás haciendo, Dolly?

—Sentirme destructora —respondió.

Se puso en pie.

—¿Dónde vamos a sentarnos después de cenar, Arthur? ¿En la biblioteca?

—Pues... ah... creo que no... ¿eh...? Se está muy bien aquí... o en la sala.

—Yo creo —dijo mistress Bantry— que nos sentaremos en la biblioteca.

Su firme mirada se encontró con la de él. El coronel Bantry se irguió. Brilló un destello en sus ojos.

Dijo:

—Tienes razón, querida. ¡Nos sentaremos en la biblioteca!

Mistress Bantry soltó el auricular del teléfono con una mueca de enfado. Había llamado dos veces y en ambas le habían dado la misma contestación. Miss Marple se hallaba ausente.

Impaciente por naturaleza, mistress Bantry no era de las que están dispuestas a reconocerse vencidas. Llamó por teléfono, en rápida sucesión, a la vicaría, a las casas de mistress Price Ridley, miss Hartnell, miss Wetherby y, como último recurso, al pescadero, quien, gracias a su ventajosa situación geográfica, solía saber siempre dónde se encontraban todos los del pueblo.

El pescadero lo sentía mucho, pero no había visto a miss Marple en el pueblo en toda la mañana. Ni había hecho su ronda de costumbre.

—¿Dónde puede estar esa mujer? —exclamó mistress Bantry con impaciencia, hablando lentamente para sí en alta voz.

Sonó una tosecilla respetuosa a sus espaldas. El discreto Lorrimer murmuró:

—¿Buscaba usted a miss Marple, señora? Acabo de observar que se está acercando a esta casa.

Mistress Bantry corrió a la puerta principal, la abrió y saludó sin aliento a la anciana:

—¿Dónde has estado? —miró por encima del hombro. Lorrimer había desaparecido discretamente—. ¡Todo es horrible! La gente empieza a mirar a Arthur por encima del hombro. Ahora parece tener más años. Hemos de hacer algo, Jane. ¡Tienes que hacer algo tú también!

—No tienes por qué preocuparte, Dolly —contestó la anciana con voz singular.

El coronel Bantry apareció en la puerta del estudio.

—¡Ah, miss Marple! Buenos días. Me alegro de que haya venido. Mi mujer la ha estado buscando por todas partes, por teléfono, como una loca.

—Pensé que era mejor que os trajera yo misma la noticia —anunció miss Marple siguiendo a mistress Bantry al estudio.

—¿La noticia?

—Acaban de detener a Basil Blake por el asesinato de Ruby Keene.

—¿A Basil Blake? —exclamó el coronel.

—Pero él no la mató —dijo la anciana.

El coronel no hizo el menor caso de esta afirmación. Es dudoso que la oyera siquiera.

—¿Quiere usted decir con eso que estranguló a esa muchacha y luego vino a dejarla en mi biblioteca?

—La dejó en su biblioteca —contestó miss Marple—; pero no la mató él.

—¡Majaderías! Si la metió en mi biblioteca, claro está que la mataría él. Las dos cosas van muy juntas.

—Mas no necesariamente. Él la encontró muerta en su casa.

—Plausible historia —dijo el coronel con desdén—. Si uno encuentra un cadáver telefonea enseguida a la policía... naturalmente... si uno es persona honrada.

—Ah —respondió miss Marple—; es que no todos tenemos los nervios de acero como usted, coronel Bantry. Usted pertenece a la vieja escuela. Esta generación más joven es distinta.

—No tiene vitalidad —dijo el coronel, repitiendo una opinión suya muy gastada.

—Algunos de ellos —dijo miss Marple— han atravesado tiempos difíciles. He oído hablar mucho de Basil. Trabajaba en la Defensa Pasiva cuando apenas tenía dieciocho años. Se metió en una casa incendiada y sacó a cuatro criaturas, una tras otra. Volvió luego en busca de un perro, aunque le dijeron que era peligroso. El edificio se le hundió encima. Le sacaron, pero tenía bastante aplastado el pecho y tuvo que estar tendido, enyesado, cerca de un año, y estuvo enfermo durante mucho tiempo después de eso. Y entonces empezó a sentir interés por las artes decorativas.

—¡Ah! —el coronel tosió y se sopló la nariz—. No... no sabía yo eso.

—No suele hablar él de ello —dijo miss Marple con displicencia.

—Ah... muy bien hecho. Así se hace. Debe valer más ese muchacho de lo que yo había creído. Siempre creí que había esquivado el ir a la guerra, ¿sabe? Lo que demuestra que uno debe andar con cuidado antes de emitir un juicio.

El coronel parecía avergonzado.

—No obstante —su indignación revivió—, ¿qué rayos pretendía al intentar cargarme a mí el asesinato?

—No creo que viera el asunto él así. Pensó en ello más bien como en... una broma. Es que se hallaba bajo la influencia del alcohol en aquellos momentos, ¿comprende?

—Bebido, ¿eh? —murmuró el coronel, que sentía cierta simpatía por los excesos alcohólicos—. Ah bien, no se puede juzgar a un hombre por lo que hace cuando está borracho. Cuando yo estaba en Cambridge, recuerdo que puse cierto utensilio... bueno, bueno, es igual. Menudo jaleo hubo con eso.

Rió. Luego se contuvo con severidad. Miró penetrante a miss Marple con ojos perspicaces. Inquirió:

—Usted no cree que cometiera el asesinato, ¿verdad, miss Marple?

—Estoy segura de que no lo hizo.

Miss Marple movió afirmativamente la cabeza.

Mistress Bantry, como en un coro griego, dijo:

—¿Verdad que es maravilloso?

Y nadie la escuchó siquiera.

—¿Quién fue?

Miss Marple contestó:

—Iba a pedirle a usted que me ayudara. Yo creo que si fuéramos al Registro Civil tendríamos una buena idea.

Capítulo XVII

I

El rostro de sir Henry estaba muy serio. Dijo:

—No me gusta.

—Comprendo —reconoció miss Marple— que no es lo que suele llamarse ortodoxo. Pero sí que es muy importante, ¿verdad?, para estar completamente seguros. Yo creo que si míster Jefferson se mostrase de acuerdo...

—¿Y Harper? ¿Ha de figurar él en esto?

—Pudiera resultar un poco embarazoso para él saber demasiado. Pero podría usted insinuar algo... Que vigilara a ciertas personas... que las hiciera seguir, ¿comprende?

Sir Henry respondió lentamente:

—Sí; eso completaría el caso...

II

El superintendente Harper miró penetrante a sir Henry Clithering.

—Déjeme que vea esto claro. ¿Está usted insinuándome algo?

Contestó sir Henry:

—Le estoy comunicando lo que mi amigo acaba de comunicarme... no me lo dijo en secreto... que tiene la intención de visitar a un abogado de Danemouth mañana para hacer un testamento nuevo.

Harper frunció el entrecejo.

—¿Tiene míster Jefferson el propósito de comunicar su intención a sus hijos políticos?

—Piensa decírselo esta noche.

—Comprendo.

El superintendente golpeó la mesa con la pluma.

Repitió:

—Comprendo...

Luego su penetrante mirada se clavó de nuevo en los ojos del otro. Preguntó:

—Conque, ¿no está usted conforme con el caso que hay contra Basil Blake?

—¿Lo está usted?

Tembló el bigote del superintendente. Quiso saber:

—¿Lo está miss Marple?

Los dos hombres se miraron.

Luego dijo Harper:

—Puede dejarlo en mis manos. Designaré agentes. No habrá tonterías... eso puedo prometérselo.

Dijo sir Henry:

—Hay una cosa más. Mejor será que vea esto.

Desdobló un papel y se lo ofreció.

Esta vez el superintendente perdió la serenidad. Emitió un silbido de sorpresa.

—Conque ésas tenemos, ¿eh? Eso hace que el asunto cambie de cariz por completo. ¿Cómo llegó a desenterrar usted esto?

—Las mujeres —contestó sir Henry— tienen interés siempre por los matrimonios.

—Sobre todo —dijo el superintendente— las solteronas ancianas.

III

Conway Jefferson alzó la cabeza al entrar su amigo.

En su severo rostro se dibujó una sonrisa.

—Bueno, ya se lo he dicho. Han tomado las cosas muy bien.

—¿Qué dijiste?

—Les dije que, habiendo muerto Ruby, me parecía que las cincuenta mil libras que yo había decidido legarle debían emplearse en algo que pudiera yo asociar con su recuerdo. Pensaba dotar a una residencia para jóvenes que trabajaran como bailarinas profesionales de Londres. Es estúpido emplear así el dinero... me extraña que se lo hayan creído. ¡Como si yo fuera capaz de hacer una cosa así! —Agregó, meditabundo—: ¿Sabes? Hice el ridículo con esa muchacha. Debo estarme volviendo un viejo estúpido. Ahora lo veo. Era una criatura bonita. Pero la mayor parte de las cosas que vi en ella se las había puesto yo. Quise hacerme creer a mí mismo que era otra Rosamund. El mismo colorido,

¿comprendes? Pero no el mismo corazón ni la misma mentalidad. Dame ese periódico... publica un problema de bridge muy interesante.

IV

Sir Henry bajó la escalera. Hizo una pregunta al conserje.

—¿Míster Gaskell, señor? Acaba de marcharse en su automóvil. Tenía que ir a Londres.

—Ah, ya... ¿Está mistress Jefferson por aquí?

—Mistress Jefferson, señor, acaba de irse a acostar hace un instante.

Sir Henry se asomó al salón y a la sala de baile. En el salón Hugo McLean estaba haciendo un crucigrama y fruncía mucho el entrecejo al hacerlo. En la sala de baile, Josie le sonreía valerosamente a un hombre obeso, sudoroso, mientras sus hábiles pies esquivaban los destructores pisotones de su pareja. El hombre obeso se estaba divirtiendo de lo lindo, evidentemente. Raymond, fatuo y hastiado, bailaba con una muchacha de aspecto anémico, cabello pardo mate y un vestido muy caro, al parecer, que le sentaba muy mal.

Sir Henry dijo para sí:

«Y ahora a la cama.»

Y subió la escalera.

V

Eran las tres de la madrugada. El viento había amainado. La luna brillaba sobre el mar tranquilo.

En el cuarto de Conway Jefferson no se oía más sonido que el de su propia respiración. Yacía medio incorporado sobre almohadas.

El intruso se fue acercando más y más y más a la cama. La profunda respiración del durmiente no se interrumpió ni un instante.

No hubo sonido, o lo hubo apenas. Un índice y un pulgar estaban preparados para pellizcar la piel; en la otra mano, la jeringuilla estaba preparada.

Y de pronto, una mano surgió de las sombras y asió la muñeca de la mano que sujetaba la aguja hipodérmica. La otra mano sujetó al desconocido con fuerza.

Una voz sin emoción, la voz de la ley, dijo:

—No, amigo. ¡Quiero esa jeringuilla!

Se encendió la luz y, desde su almohada, Conway Jefferson contempló, ceñudo, al asesino de Ruby Keene.

VI

Dijo sir Henry Clithering:

—Hablando como si yo fuera Watson y usted Sherlock Holmes, quiero conocer sus métodos, miss Marple.

El superintendente Harper dijo:

—A mí me gustaría saber qué fue lo que la puso sobre la pista en un principio.

El coronel Melchett exclamó:

—¡Ha vuelto usted a triunfar, caramba! Quiero que nos lo cuente todo, del principio al fin.

Miss Marple alisó la seda de su mejor vestido de noche. Se ruborizó y sonrió, y pareció un tanto cohibida.

—Temo que encontrarán ustedes mis «métodos», como los llama sir Henry, terriblemente primitivos. La verdad es, ¿comprenden?, que la mayoría de la gente… y no excluyo a los policías… es demasiado confiada para este mundo tan malo. Creen todo lo que se les dice. Yo nunca lo creo. Tengo la manía de querer comprobar las cosas por mí misma.

—Ésa es la actitud científica —dijo sir Henry.

—En este caso —continuó miss Marple— se dieron por sentadas ciertas cosas desde el primer momento, en lugar de atenerse a los hechos. Los hechos, tal como yo los observé, eran que la víctima era muy joven, que se mordía las uñas y que le sobresalían los dientes un poco… como ocurre con frecuencia en muchachas jóvenes si no se les corrige el defecto a tiempo mediante el empleo de una placa. (Los críos son muy malos para eso, porque se quitan la placa cuando las personas mayores no están mirando.)

»Pero eso es divagar y apartarse de la cuestión. ¿Adónde había llegado…? Ah, sí… Estaba mirando a la muerta y compadeciéndola, porque siempre es muy triste ver cortada una vida en flor. Y me estaba diciendo que quienquiera que lo hubiese hecho era una persona muy malvada. Claro está que era motivo de confusión que fuese hallada en la biblioteca del coronel Bantry. Se parecía demasiado a una novela para que fuese verdad. Total, que formaba un conjunto antiestético. No era, en realidad, lo que *había querido hacerse*, y eso nos confundía una barbaridad. La verdadera idea había sido plantarle el cadáver al pobre Basil Blake (una persona mucho más probable...) y su acción de trasladar el cadáver hasta la biblioteca del coronel Bantry retrasó considerablemente las cosas y debió molestar enormemente al verdadero asesino.

»Originalmente, como ustedes lo comprenderán, míster Blake hubiera sido el primer sospechoso. Se hubiesen hecho indagaciones en Danemouth; se hubiera descubierto que conocía a la muchacha; que se había casado con otra... Y luego se supondría que Ruby había ido a hacerle víctima de un chantaje o algo así, y que él la habría estrangulado en un acceso de cólera. ¡Un crimen corriente, sórdido, del tipo que pudiéramos llamar de *night-club*!

»Pero, claro, todo *salió mal* y se concentró el interés demasiado pronto en la familia Jefferson... con gran rabia de cierta persona.

»Como les he dicho, soy desconfiada por naturaleza. Mi sobrino Raymond me dice, en broma claro está, y cariñosamente, que tengo una mente como una cloaca. Dice que les ocurre lo propio a casi todos los de mi época, pero los de mi época conocían la naturaleza humana.

»Como digo, teniendo esta mente tan poco sanitaria... o, ¿no será más apropiado llamarla *sanitaria* directamente...?, examiné inmediatamente el lado económico de la cuestión. Dos personas podían salir beneficiadas con la muerte de la muchacha... Eso era innegable. Cincuenta mil libras esterlinas son muchas libras... sobre todo cuando uno tiene dificultades económicas, como a ambas de dichas personas les ocurría.

»Claro que las dos parecían personas muy agradables y buenas. Pero cualquiera sabe, ¿verdad?

»Mistress Jefferson, por ejemplo... Todo el mundo la quería. Pero parecía bastante claro que se había mostrado inquieta y algo desasosegada aquel verano, y que estaba harta de la vida que llevaba, dependiendo por completo de su suegro. Sabía, porque se lo había dicho el médico, que no viviría mucho tiempo... Conque por ese lado no había peligro... o no lo hubiese habido si no hubiera aparecido Ruby Keene en escena. Mistress Jefferson idolatraba a su hijo y algunas mujeres tienen la singular creencia de que los crímenes cometidos por el bien de sus hijos casi están justificados moralmente. Me he tropezado con esa actitud una o dos veces en el pueblo. "Todo ha sido por Margaret, ¿comprende, señorita?", dicen, y parecen creer que con eso una conducta dudosa queda justificada. Una forma de pensar, a mi modo de ver, muy relajada.

»Míster Mark Gaskell, claro está, ofrecía más probabilidades, si me permite la expresión. Era jugador y no tenía, en mi opinión, principios morales muy elevados. Pero, por ciertas razones, opinaba que una mujer estaba relacionada con el crimen.

»Como digo, estaba meditando sobre los móviles, y el del dinero se me antojaba muy sugestivo. Fue una verdadera desilusión comprobar, por consiguiente, que estas dos personas podían demostrar la coartada para el intervalo dentro del cual, según declaración facultativa, Ruby había hallado la muerte.

»Pero poco después se descubrió el coche incendiado con el cadáver de Pamela Reeves dentro y entonces todo el asunto me saltó a la vista. Las coartadas, naturalmente, no valían nada.

»Yo poseía ya dos mitades del caso, y ambas muy convincentes, pero no conseguía hacerlas encajar. Tenía que existir un eslabón de unión; pero no podía encontrarlo. La persona que yo sabía complicada en el crimen no tenía móvil alguno.

»Fui una estúpida —prosiguió miss Marple, musitando—. De no haber sido por Dinah Lee, no se me hubiera ocurrido... y eso que era lo primero que debía habérsele ocurrido a cualquiera. ¡El Registro Civil! ¡Matrimonio! No era ya cuestión de míster Gaskell sólo o de mistress Jefferson... Existían las posibilidades del *matrimonio*. Si cualquiera de estos dos se casaba, o si había siquiera *probabilidad* de que se casaran, *entonces la persona con quien fueran a casarse estaría implicada también*. Raymond, por ejemplo, podría creer que tenía una buena posibilidad de casarse con una mujer rica. Se había mostrado muy asiduo de mistress Jefferson y fue su encanto, creo yo, lo que la despertó de su prolongada viudedad. Había estado satisfecha con ser como una hija para míster Jefferson... como Ruth y Noemí... sólo que Noemí, como recordarán ustedes, se tomó muchas molestias para prepararle un matrimonio adecuado a Ruth.

»Además de Raymond estaba míster McLean. Ella le apreciaba mucho y parecía altamente probable que se casara con él a fin de cuentas. Él no disfrutaba de muy buena posición... y no estaba lejos de Danemouth la noche en cuestión. Conque parecía, ¿verdad?, como si *cualquiera* hubiese podido hacerlo.

»Pero, claro está, en realidad, en mi fuero interno, lo sabía. Y no había manera de escapar de esas uñas mordidas, ¿verdad?

—¿Uñas? —dijo sir Henry—. Sí; se arrancó una uña, y se recortó las demás.

—¡Qué tontería! —dijo miss Marple—. Las uñas *mordidas* y *recortadas* son completamente distintas. Nadie que supiera algo de las uñas de una muchacha podría confundir una clase con otra... Las uñas roídas son muy feas... como les digo siempre a las niñas de mi clase. Esas uñas, ¿comprenden?, eran un hecho, un hecho. Y sólo podían querer decir una cosa. *El cadáver hallado en la biblioteca del coronel Bantry no era el de Ruby Keene ni mucho menos.*

»Y eso lleva directamente a una persona que no cabía la menor duda de que estaba implicada. ¡Josie! Josie identificó el cadáver de Ruby. Dijo que lo era. Al hallar el cadáver donde se encontraba la curiosidad se la comía. Casi puede decirse que la delató ese sentimiento. ¿Por qué? Porque sabía, y nadie mejor que ella, dónde debía haberse hallado el cadáver. En la casa de Basil Blake. ¿Quién dirigió nuestra atención hacia Basil? Josie, al decirle a Raymond que Ruby podía haber estado con el peliculero. Y, antes de eso, metiendo una fotografía suya en el bolsillo de Ruby. ¿Quién estaba tan enfurecida con la muerte que le era imposible ocultar sus sentimientos aun hallándose en presencia del cadáver? ¡Josie! Josie, que era astuta, práctica, dura y a la caza *del dinero a todo riesgo*.

»Eso es lo que quise decir al hablar de creer las cosas con demasiada facilidad. Nadie pensó en la posibilidad de que Josie estuviese mintiendo al decir que el cadáver era el de Ruby. Simplemente porque, por entonces, no parecía que pudiera tener motivo alguno para no decir la verdad. Era la dificultad siempre... No cabía la menor duda de que Josie estaba implicada; pero la muerte de Ruby parecía, si acaso, contraria a sus intereses. Sólo cuando Dinah Lee mencionó el Registro Civil se me ocurrió la posible relación.

»¡Matrimonio! Si Josie y Mark Gaskell estuvieran casados... entonces todo resultaría claro. Como ahora sabemos, Mark y Josie se casaron hace un año. Guardaban el secreto, de la forma más hermética, hasta que Jefferson muriera.

»Resultó verdaderamente interesante, ¿saben?, seguir el curso de los acontecimientos... y ver exactamente cómo había salido el plan. Complicado y, sin embargo, sencillo. En primer lugar, la selección de la pobre criatura Pamela, y la forma de abordarla con el cuento cinematográfico. Una prueba cinematográfica... Claro, la pobre criatura no pudo resistir la tentación. No; cuando se lo explicaron, de una forma tan plausible como supo hacerlo Mark. Se presenta en el hotel. Él la está esperando. La introduce por la puerta lateral y se la presenta a Josie... ¡una de sus expertas en maquillaje! ¡La pobre criatura! ¡Me da no sé qué cada vez que lo pienso! Sentada en el cuarto de baño de Josie mientras ésta le oxigenaba el cabello, la maquillaba y le esmaltaba las uñas de las manos y de los pies. Durante ese intervalo le dieron la droga. En una limonada o algo así seguramente. Pierde el conocimiento. Me imagino que la meterían en uno de los cuartos vacíos del otro lado del pasillo...

»Después de cenar, Mark Gaskell salió en su automóvil, al malecón, según él. Fue entonces cuando llevó el cuerpo de Pamela a la casa, envuelta en uno de los vestidos viejos de Ruby y lo colocó sobre la estera. La niña seguía sin conocimiento, pero no estaba muerta. La estranguló allí con el cinturón del vestido. No es muy agradable, no... pero tengo la confianza de que ella no se daría cuenta de nada. De verdad, de verdad que me siento la mar de contenta al pensar que ese hombre va a morir ahorcado... Eso debió de haber sido poco después de las diez. Luego, volvió a toda marcha y encontró a los demás en el salón, y Ruby Keene, *vivía aún*, bailaba su número de exhibición con Raymond.

»Supongo que Josie habría dado instrucciones a Ruby de antemano. Ruby estaba acostumbrada a hacer lo que Josie le mandaba. Debía mudarse de ropa, entrar en el cuarto de Josie y aguardar. También a ella la narcotizaron, seguramente con el café que tomó después de cenar. Recuerden que estaba bostezando cuando hablaba con Barlett.

»Josie fue luego a "buscarla..." *pero nadie entró en el cuarto de Josie más que la propia Josie*. Probablemente remataría a la muchacha entonces... con una inyección, quizás, o un golpe en la nuca. Bajó, bailó con Raymond, discutió con los Jefferson dónde podría estar Ruby y, por fin, se retiró a dormir. De madrugada, le puso a Ruby la ropa de Pamela, bajó con el cadáver por la escalera excusada; era una mujer fuerte, hercúlea; se apoderó del coche de Barlett, recorrió los tres kilómetros que hay hasta la cantera, roció el automóvil con gasolina y le prendió fuego. Luego, volvió a pie al hotel, calculando el tiempo, probablemente, para llegar a eso de las ocho o las nueve... ¡haciendo creer que la ansiedad que Ruby le inspiraba la había hecho madrugar!

—Un plan muy complicado —replicó el coronel Melchett, meneando ligeramente la cabeza en señal de aturdimiento.

—No más complicado que los pasos de una danza —respondió la anciana.

—Supongo que no.

—Lo hizo todo concienzudamente —prosiguió miss Marple—. Hasta previó la discrepancia de las uñas. Por eso se las arregló para romper una uña a Ruby con su chal. Servía de excusa para fingir que Ruby se había recortado las uñas.

Dijo Harper:

—Sí, pensó en todo. Y el único indicio verdadero que tenía usted, miss Marple, eran las uñas roídas de una colegiala.

—Algo más que eso —contestó la anciana—. La gente se empeña en hablar demasiado. Mark Gaskell habló demasiado. Al mencionar a Ruby dijo que «los dientes parecían querérsele escapar hacia la garganta». Siendo que la muerta hallada en la biblioteca de Bantry tenía los dientes torcidos *hacia fuera*.

Conway Jefferson preguntó, ceñudo:

—Y, ¿fue ese desenlace dramático final idea suya, miss Marple?

Miss Marple confesó:

—Pues... sí que lo fue en realidad. ¡Es tan agradable tener la *seguridad*! ¿No le parece?

—Seguridad es la palabra —dijo Conway Jefferson.

—Es que —explicó miss Marple— en cuanto Josie y Mark supieran que iba a hacer un nuevo testamento, *tendrían* que hacer algo. Habían cometido ya dos asesinatos por culpa del dinero. Conque tanto les daba cometer el tercero. Mark, claro está, tenía que poder probar la coartada. Conque marchó a Londres y la preparó comiendo en un restaurante con amigos y yendo después a un *night-club*. Josie había de encargarse de hacer el trabajo. Seguían queriendo que la muerte de Ruby se achacara a Basil Blake. Conque era preciso que la muerte de míster Jefferson pareciera debida a un colapso cardíaco. La jeringuilla, según me dice el superintendente, contenía digitalina. Cualquier médico hubiera creído muy natural la muerte por colapso en estas circunstancias. Josie había aflojado uno de los piñones de piedra del mirador y pensaba dejarlo caer después. Se achacaría la muerte al sobresalto producido por el ruido.

Melchett dijo:

—Era ingeniosa esa diablesa.

Preguntó sir Henry:

—¿Conque la tercera muerte a que usted hizo referencia era la de Conway Jefferson?

Miss Marple sacudió la cabeza con un gesto negativo.

—Oh, no... Me refiero a Basil Blake. Le hubieran hecho ahorcar si hubieran podido.

—O hecho encerrar en Broadmoor —dijo sir Henry.

Miss Marple, sin inmutarse lo más mínimo, continuó diciendo:

—Era ella la que tuvo siempre el carácter dominante. Y fue ella quien ideó el plan. La ironía del caso es que fue ella quien trajo aquí a la muchacha, sin soñar que pudiera encapricharse de ella míster Jefferson y echar a perder sus propias probabilidades.

Jefferson dijo:

—Pobre criatura... Pobre Ruby...

Entraron Adelaide Jefferson y Hugo McLean. Adelaide parecía casi hermosa aquella noche. Se acercó a Conway Jefferson y posó una mano sobre su hombro. Dijo con voz que pareció quebrarse un poco:

—Quiero decirte una cosa, Jeff. Inmediatamente. Voy a casarme con Hugo.

Conway Jefferson alzó la mirada hacia ella un instante. Dijo con hosquedad:

—Ya iba siendo hora de que te volvieras a casar. Os felicito a los dos. A propósito, Addie: voy a hacer testamento nuevo mañana.

Ella asintió con un movimiento de cabeza.

—Ya lo sé —dijo.

—No sabes nada. Voy a hacerte un donativo de diez mil libras esterlinas. Todo lo demás que poseo irá a parar a Peter cuando yo muera. ¿Qué tal te parece eso, muchacha?

—¡Oh, Jeff! —la voz de la mujer se quebró—. ¡Eres *maravilloso*!

—Es un buen chico. Me gustaría verle con frecuencia... durante el tiempo que me queda de vida.

—¡Oh, le verás!

VII

Hugo y Adelaide pasaron juntos a la sala de baile, y Raymond se acercó a ellos.

Adelaide dijo, precipitadamente:

—He de darle a usted una noticia. Vamos a casarnos.

La sonrisa de Raymond fue perfecta... una sonrisa valerosa y pensativa.

—Espero —dijo, haciendo caso omiso de Hugo y mirándola a ella de hito en hito— que sea usted muy feliz...

Siguieron su camino, y Raymond se quedó mirándoles.

«Una mujer buena», dijo para sí. «Una mujer muy agradable. Y hubiera tenido dinero por añadidura. Con lo que me molesté para aprenderme todo ese cuento de los Starr de Devenshire... Bueno, está visto que no estoy de suerte... ¡Baila, caballerito, baila!»

¡Y Raymond volvió a la sala de baile!